KAMPENWAND
VERLAG

ISBN: 978-3986601508

Raiffeisenstr. 4 · D-83377 Vachendorf
www.kampenwand-verlag.de

Versand & Vertrieb durch Nova MD GmbH
www.novamd.de · bestellung@novamd.de · +49 (0) 861 166 17 27

Text: Anna Ida
Lektorat: Lars Knobbe
Bilder: Anna Ida, Shutterstock: bluefish_ds
Druck: FINIDR, s.r.o. · Lípová 1965 · 737 01 Český Těšín · Česká republika

ANNA IDA

TIK TOK TOD

Können Likes und Follower den Wert
eines Lebens bestimmen?

Inhaltsverzeichnis

Kapitel 1

Kapitel 2

Kapitel 3

Anhang

Didaktische Handreichungen

Lernmethoden

Für meine geliebte Familie

TikTok-Tod

Ein packender Roman, der die Schattenseiten des Erwachsenwerdens aufdeckt.

In einer idyllischen Kleinstadt wird die 12-jährige Jessica brutal ermordet aufgefunden. Die Täterinnen sind keine Fremden, sondern zwei ihrer engsten Freundinnen – Emilia und Calantha. Dieses erschütternde Verbrechen wirft dunkle Fragen auf: Was hat die beiden Mädchen dazu getrieben, ihre Freundin so grausam zu töten? Und warum hat niemand die Anzeichen erkannt?

Im Zentrum der Geschichte steht das allgegenwärtige Problem des Mobbings, das sich in Jessicas Freundeskreis vollzogen hat. Die Erzählung führt uns tief in das soziale Gefüge der Schule, in dem Fame und Beliebtheit auf TikTok über das Schicksal eines jungen Lebens entscheiden können.

Das Buch entfaltet sich aus verschiedenen Perspektiven, die den Leser auf eine emotionale Reise durch die Welt der beteiligten Jugendlichen und Erwachsenen mitnehmen. Im Laufe der Geschichte offenbaren sich die tragischen Dynamiken, die hinter Jessicas Tod stehen, und die verheerenden Auswirkungen des Mobbings auf alle Beteiligten.

TikTok-Tod ist ein fesselnder, aufrüttelnder Roman, der den Leser dazu anregt, über die Komplexität von Freundschaft, das Phänomen des Mobbings und die Verantwortung, die wir alle tragen, nachzudenken. Mit seinen eindringlichen Charakteren und der spannenden Handlung hält dieses Buch die Leser bis zur letzten Seite gefangen und hinterlässt einen bleibenden Eindruck.

Prolog

FREIBERGER BLATT VOM 12. MÄRZ 2025

Schockierender Mord an 12-jährigem Mädchen. Zwei Freundinnen unter Verdacht

Am 11. März 2025 wurde die 12-jährige Jessica in einem angrenzenden Waldstück ihrer Heimatstadt Freiberg aufgefunden – erstochen und ihrem schrecklichen Schicksal überlassen. Die Ermittlungen deuten darauf hin, dass Jessicas eigene Freundinnen, 12 und 13 Jahre alt, für diesen schrecklichen Akt verantwortlich sind.

Die einheimische Bevölkerung ist fassungslos angesichts dieser grauenvollen Tat,welche die Frage aufwirft, wie es so weit kommen konnte. Die Eltern, Freunde und Lehrer der beteiligten Mädchen sind schockiert und ringen um Antworten. Die Polizei hat die beiden mutmaßlichen Täterinnen festgenommen und ermittelt weiter, um die Hintergründe und Motive für diese entsetzliche Tat aufzudecken.

Jessica war Schülerin der örtlichen Mittelschule und galt als freundlich, aufgeschlossen und beliebt. Die beiden tatverdächtigen Freundinnen waren Teil ihres engeren Freundeskreises, weshalb die Tat umso unfassbarer erscheint. Die Ermittler prüfen derzeit, ob Mobbing oder andere soziale Probleme innerhalb der Gruppe eine Rolle bei dem Verbrechen gespielt haben könnten.

Die Journalistin und der Fall Jessica P.

Die junge, freischaffende Journalistin Sara Reger macht sich auf den Weg, um die Schulkameraden, Lehrer, Freunde und Verwandten der beteiligten Mädchen zu interviewen. Sie sichtet die Materialien. In einem Buch will sie die verschiedenen Perspektiven und Hintergründe beleuchten, die zu diesem tragischen Vorfall geführt haben könnten. Anfang September, 6 Monate nach der Tragödie, beginnt die Journalistin mit den Interviews in Jessicas familiärem und sozialem Umfeld.

Erstes Kapitel
Jessica

Mutter Chiara, Vater Jan

In der Küche der Eltern

Mutter:

„Wie Jessica war? Unsere Tochter war ein Sonnenschein. Immer fröhlich und gut gelaunt. Sie hatte so viel Liebe zu geben, und jetzt ist sie einfach weg. Ich kann es nicht fassen, wie ihre eigenen Freundinnen das tun konnten! Wir sind wütend und am Boden zerstört. Unser Leben ist ein Albtraum ohne sie. Keiner kann sich vorstellen, wie es ist zu erfahren, dass sein Kind ermordet wurde. Ermordet. Von anderen Kindern. Als sei es ein Spiel. Einfach so das andere Leben wegmachen. Es ist doch kein Film. Man kann es nicht einfach zurückdrehen und ungeschehen machen. Warum nur?

Warum?“

Vater:

„Ist gut Chiara, die Antworten werden wir wohl nie erhalten. Jessica hatte so viele Träume und Pläne. Sie wollte die Welt sehen, Menschen kennenlernen, Und dann passiert das. Es ist zum Wahnsinnigwerden, dass diese Mädchen, mit denen sie aufgewachsen ist, so etwas so Grausames tun konnten!“

Mutter:

„Es ist unsagbar – es ist es ist einfach unbegreiflich. Man fühlt sich so hilflos, so wütend. Man möchte schreien, weinen, irgendetwas tun, um das Geschehene ungeschehen zu machen.

Und ich kann mir nicht einmal vorstellen, wie es für die Eltern der Täterinnen sein muss. Sie müssen mit der Schuld und der Schande leben, dass ihre eigenen Töchter zu Mördern geworden sind.

Mörderinnen. Diese Mörderinnen. Die leben weiter. Die leben weiter mit ihren Familien. Die leben zusammen in einer anderen Stadt. Einfach so. Ins Gefängnis kommen die nicht, denn es sind laut Gesetz ja Kinder. Himmel, wer hat denn solche Kinder in die Welt gesetzt, die zu Mördern werden?“

Vater:

„Ich möchte nicht wissen wie es deren Eltern geht. Eltern von Mördern. Ich meine, die haben ihre Kinder doch nicht zu Mördern erzogen? Jessi, Jessi. Meine kleine Jessi. Jessi lebt nicht mehr. Nur noch in unseren Herzen und Erinnerungen.“

Jana P., 10 Jahre Jessicas Schwester

Auf einer Schaukel auf dem benachbarten Spielplatz

Also, Jessi war echt die beste große Schwester, die man sich wünschen kann. Sie fehlt mir. Wir haben total viel zusammen gemacht, sind manchmal zusammen in den Park gegangen und haben Eis gegessen oder so, haben abgehangen. Und Jessi hat mir immer geholfen, wenn ich Schwierigkeiten in der Schule hatte oder so'n Kram. Sie war voll cool. Sie fehlt mir.

Manchmal war sie aber auch komisch. Ich meine, sie hat nicht immer alles erzählt, was bei ihr so los war. Ich wusste, dass sie auf TikTok war und diese Tanzvideos gemacht hat. Die waren voll krass, echt. Aber dann hat sie mir auch erzählt, dass sie wegen der Videos geärgert wurde. Das fand ich echt gemein, aber sie meinte, ich soll mir keine Sorgen machen.

Ich glaub, Jessi hat nicht alles erzählt, weil sie nicht wollte, dass ich mir Sorgen mache oder so.

Aber ich hab trotzdem gemerkt, dass sie manchmal traurig war. Und jetzt, wo sie nicht mehr da ist, vermisse ich sie sooo krass. Es ist voll komisch ohne sie. Alles ist anders und einfach nur doof. Ich wünschte, ich könnte Jessi nochmal sagen, wie sehr ich sie lieb habe und dass sie die beste Schwester der Welt war. Und ich wünschte, ich hätte irgendwas tun können, um ihr zu helfen. Aber ich bin nur zehn und hab keine Ahnung, wie man so was macht. Jessi, ich vermisse dich total.

Also, ich erinnere mich noch genau, als Jessi ihr erstes Tanzvideo auf TikTok gepostet hat. Sie war voll aufgeregt und stolz drauf. Aber dann haben irgendwelche Leute voll gemeine Sachen geschrieben, wie ‚Du tanzt wie ein Elefant' oder ‚Glaubst du, du bist cool? Du siehst lächerlich aus'. Jessi hat versucht, das weg zu lächeln, aber ich hab gesehen, dass es sie verletzt hat.

Manchmal hat sie abends in ihrem Zimmer geweint, und ich wusste nicht, wie ich ihr helfen sollte. Ich hab sie in den Arm genommen und gesagt, dass die Leute einfach nur doof sind und dass sie mega gut tanzen kann. Aber ich glaub, das hat nicht viel gebracht. Es ist voll fies, wie gemein die Leute zu ihr waren, nur weil sie Spaß hatte und sich ausdrücken wollte.

Anna, 13 Jahre Freundin aus Jessicas Fußballteam

Fußballumkleide

Man, die Jessica war ein so tolles Mädchen, sowohl auf dem Spielfeld als auch außerhalb. Wir haben uns hier im Verein kennen gelernt vor knapp 3 Jahren und dann sind wir Freundinnen geworden. Sie war immer voller Energie und hatte ein Lächeln auf dem Gesicht. Wir haben oft zusammen trainiert, und sie war eine echte Teamplayerin. Immer hilfsbereit und unterstützend – sie hat sich nie gescheut, anderen unter die Arme zu greifen. Und dann diese beiden Mörderinnen. Ich begreif das nicht. Jessi ist seit anfang des Jahres noch mehr zum Training gekommen. Letztes Jahr im Fußballcamp hat Jessi sich in einen der Co-Trainer verliebt. Oh, die schwebte echt im 7. Himmel. Hat geschwärmt für den. Aber Das war nur eine Schwärmerei. Will sagen, sie war total normal. Ein ganz normales Mädchen mit ganz normalen Träumen. Und jetzt ist sie tot. Oh man, Jessi fehlt mir.

Jessica liebte es, Tanzvideos zu machen. Sie hatte ein unglaubliches Talent dafür. Manchmal haben wir uns nach dem Training oder an den Wochenenden getroffen, um gemeinsam Videos zu drehen und neue Choreografien zu erlernen. Es war immer eine tolle Zeit, wenn wir zusammen tanzten – wir haben gelacht und uns gegenseitig herausgefordert. Und dann hat sie sich immer wieder zurückgezogen. Ich glaube, weil sie echt gehatet wurde. Ich verstehe es nicht; bis heute verstehe ich es nicht!

1

Der Klassenlehrer Herr Murando

Im Klassenzimmer

Jessica ist, Entschuldigung, Jessica war eine sehr aufgeweckte Schülerin. Sie hatte Spaß am Lernen und war immer bereit, neue Herausforderungen anzunehmen. Ihr Ehrgeiz und ihre Neugier waren wirklich bemerkenswert. Ich habe sie in ihrem Enthusiasmus immer unterstützt, weil ich ihr großes Potenzial sah. Aber es gab auch Momente, in denen ich merkte, dass sie Schwierigkeiten hatte. In letzter Zeit schien sie in sich gekehrt und weniger konzentriert zu sein. Ich wusste zuletzt von den Mobbing-Vorfällen, die mit ihren TikTok-Videos zusammenhingen, aber ich hatte das Gefühl, dass sie versuchte, stark zu bleiben und sich nicht unterkriegen zu lassen. Vielleicht habe ich ihre Situation unterschätzt und hätte mehr tun sollen, um ihr zu helfen.

Nach der schrecklichen Tat fühle ich mich fassungslos und traurig. Es ist schwer zu begreifen, dass ein so lebensfrohes und talentiertes Mädchen wie Jessica so früh aus dem Leben gerissen wurde. Ich frage mich, ob ich als Lehrer genug getan habe, um sie zu unterstützen und zu schützen. Diese Frage wird mich wohl immer begleiten.

Als Lehrer möchte man seinen Schülern helfen und sie ermutigen, ihre Träume zu verfolgen. Jessicas Tod hat mich tief getroffen und mir bewusst gemacht, wie wichtig es ist, wachsam zu sein und auf die Bedürfnisse und Probleme meiner Schüler einzugehen. Ich werde Jessicas Lachen und ihre Begeisterung für das Lernen immer in Erinnerung behalten und versuchen, daraus die Kraft zu schöpfen, um andere Schüler bestmöglich zu unterstützen. Ich mache mir wirklich Vorwürfe, wenn ich an Jessica denke. Ich frage mich, ob ich mehr hätte tun können, um ihr zu helfen. Aber ehrlich gesagt, ich weiß nicht genau, was ich noch mehr hätte tun können.

Mobbing ist ein vielschichtiges Problem, und es ist nicht immer einfach, die richtige Herangehensweise zu finden. Wir handeln als Schule gemeinsam. Wir haben getan, was wir konnten. Wir können nicht überall sein. Die beiden Täterinnen? Ich kann es bis heute nicht verstehen, ich meine, das sind doch noch Kinder. Wie kommen die auf eine solche fatale Idee?

Bei wem die Schuld liegt? Das kann ich Ihnen nicht beantworten, Vielleicht liegt die Schuld bei den Kindern selbst. Vielleicht bei den Eltern, vielleicht auch bei den Freunden, der Schule, dem Umfeld? Den Medien? Dem Internet? Ich weiß es nicht, ich hab mir die Frage so oft gestellt, ich kann die Frage nicht beantworten. Ich weiß nur, ich hab getan, was ich konnte.

Jana
in ihrem Zimmer

Wie das bei TikTok angefangen hat? Wie ein Wettbewerb zwischen denen. Zwischen Jessi, Emilia und Calantha. Wer kriegt die meisten Likes. Sie – also Jessi – bekam so viel Hate!

Emilia und Calantha haben die anderen Mitschüler richtig angestachelt, dass sie Jessica schlechte Kommentare geben! Am Anfang hat sie die Kommentare einfach ignoriert, aber dann wurden die ja immer schlimmer. Die Leute haben angefangen, sie auch in der Schule damit aufzuziehen. Sie haben sie ‚Tanzfreak' oder ‚TikTok-Tussi' genannt und solche Sachen.

Jessi war immer noch tapfer, aber ich hab gemerkt, dass es ihr echt weh getan hat.

Oma Katrin

Im Wohnzimmer

Ich vermisse Jessi sehr, sie ist meine älteste Enkelin. Oh, meine kleine Jessica, als sie ein Baby war. Sie war so ein süßes, kleines Mädchen mit den strahlendsten Augen, die man sich vorstellen kann. Ich habe es geliebt, sie auf meinem Schoß zu halten und ihr Lächeln zu sehen, wenn ich ihr Kinderlieder vorgesungen habe. Sie war schon damals so lebensfroh und neugierig und liebte das Tanzen. Als Jessica heranwuchs, entwickelte sie sich zu einem wunderbaren jungen Mädchen, das immer für eine Überraschung gut war. Sie hatte so viel Energie und genoss es, draußen zu spielen, zu tanzen und ihre Einfälle und Freude auszuleben. Ich war immer so stolz auf sie, wenn ich sie dabei beobachtete, wie sie neue Dinge lernte und sich weiterentwickelte.

Jessi war auch immer so fürsorglich und liebevoll.

Sie hatte ein großes Herz und kümmerte sich rührend um ihre jüngere Schwester Jana. Die beiden waren unzertrennlich. Es war eine Freude, sie zusammen spielen und lachen zu sehen. Ich bin so dankbar für die Zeit, die ich mit Jessica verbringen durfte. Es ist einfach unvorstellbar, dass sie nicht mehr bei uns ist. Ich kann nicht begreifen, wie so etwas Schreckliches passieren konnte. Mein Herz ist gebrochen, und ich vermisse sie jeden Tag. Aber ich werde mich immer an die schönen Momente erinnern, die ich mit ihr teilen durfte, und diese Erinnerungen werden mich immer begleiten.

Selena, Mia, Paul, Murat. Mitschüler von Jessica aus der 7b Gesamtschule Freiberg

Auf dem Schulhof

Selena:

„Krass, ich kann's immer noch nicht fassen, dass Jessi nicht mehr da ist. Das ist so. Einfach nur heftig, dass die umgebracht wurde aus Rache, dass sie mit einem Lehrer gesprochen hat, über das, was da in der Klasse abging. Ich meine, sie war echt eine Liebe, und ich fühl' voll mit ihrer Familie und so. Ich wünschte, ich hätte ihr irgendwie helfen können, bevor das alles passiert ist. Das macht mich so wütend und traurig. Und was die auf TikTok schreiben, voll krank!"

Mia:

„Na ja, also, klar ist das voll schlimm, was mit Jessi passiert ist, aber ich weiß auch nicht. Ich meine, wir haben manchmal Witze über ihre TikTok-Videos gemacht und so, aber das war doch nur Spaß. Ich dachte echt nicht, dass es sie so trifft.

Hätte ich gewusst, dass es so endet, hätte ich mich bestimmt anders verhalten und nicht mitgelacht."

Paul:

„Ich bin so wütend, dass keiner geholfen hat! Jessi war echt voll nett, und ich mochte sie total. Jetzt sind die beiden einfach so durchgedreht und haben ihr das angetan. Ich will, dass die beiden richtig dafür büßen und im Gefängnis landen. Was sie Jessi angetan haben, ist einfach unfassbar. Sie hätten ihr helfen sollen, statt sie umzubringen."

Murat:

„Ich kannte Jessi nicht so gut, aber ich finde das alles voll schlimm. Meine Eltern haben angst um mich und jetzt, wo das passiert ist, hab ich sogar selbst Angst. Ich meine, die Lehrer reden, dass das echt eine Ausnahmesituation war, dass das nicht jeden Tag passiert. Aber ich sag mir: Man weiß ja nie, wie die anderen drauf sind, und was die tun könnten. Ich hoffe, so was passiert nie wieder, aber ich mach mir echt Sorgen um uns alle hier."

Gabriele Busch, Fußballtrainerin

In der Sporthalle

Jessica kam vor etwa drei Jahren in unser Fußballteam, und von Anfang an war klar, dass sie ein großes Talent hatte. Besonders als Torhüterin war sie wirklich beeindruckend. Sie hatte so gute Reflexe und war immer voll konzentriert. Ich erinnere mich, wie sie viele Spiele für unser Team gewonnen hat, weil sie so viele Tore verhindert hat. Aber zum Jahresbeginn hat Jessica plötzlich aufgehört, zum Training zu kommen. Es war wirklich unerwartet, weil sie immer so viel Freude am Fußball hatte.

Ich habe versucht, mit ihr und ihren Eltern darüber zu sprechen, aber sie haben nicht viel dazu gesagt. Ich hatte das Gefühl, dass irgendetwas nicht stimmte, aber ich wusste nicht, was genau los war. Als ich später von den Problemen in der Schule und dem Mobbing erfahren habe, war ich schockiert. Ich hätte nie gedacht, dass Jessica so etwas durchmachen musste. Ich wünschte, sie hätte mir davon erzählt, vielleicht hätte ich ihr irgendwie helfen können. Jessicas Tod hat uns alle im Team sehr getroffen. Wir vermissen sie sehr, nicht nur als großartige

Torhüterin, sondern auch als fröhliches und lebensbejahendes Mitglied unserer Mannschaft. Es ist einfach tragisch, dass sie so früh gehen musste und dass wir nichts tun konnten, um ihr zu helfen.

Nachbarin Frau Yilmaz

An der Haustür

Ja, ich erinnere mich, an dem Tag habe ich die drei Mädchen gesehen, wie sie in den Wald gegangen sind. Es schien zunächst ganz normal, wie drei Jugendliche, die zusammen Zeit verbringen wollen. Ich dachte mir nicht viel dabei, sie gingen einfach zusammen in den Wald, das Wetter war ja auch schön. Aber später, als ich so darüber nachdenke, fällt mir auf, dass etwas komisch war. Jessi sah irgendwie – wie soll ich sagen – irgendwie sah sie besorgt aus. Sie lief ein Stückchen hinter Emilia und Calantha, und es schien fast so, als würde sie ein wenig zögern oder zurückweichen. Ich erinnere mich, dass sie irgendwie ängstlich wirkte, aber ich dachte, das wäre vielleicht nur Einbildung oder sie hätte einfach einen schlechten Tag.

Jetzt, wo ich weiß, was da im März passiert ist, wünschte ich mir, ich hätte damals genauer hingeschaut und etwas gesagt. Aber wer ahnt so was schon, wer ahnt, dass Kinder zu Mördern werden?

Ich hätte Jessica ja geholfen, wenn ich das nur gewusst hätte, aber, verstehen Sie, ich hätte nie gedacht, dass so etwas Schreckliches überhaupt passieren könnte. Es ist einfach unfassbar.

Unfassbar. Die Eltern tun mir leid, wie können die weiterleben? Woher nehmen die ihre Kraft? Ich wünsche ihnen viel Kraft. Viel viel Kraft.

Entschuldigung, aber ich muss jetzt los, meinen Mann abholen.Zweites Kapitel Mobbing

Zweites Kapitel
Mobbing

Jana

Wie das mit dem Mobbing war?

Es war schlimm. Für Jessi war es schlimm. Für uns auch. Wir haben ja gesehen, wie es ihr immer schlechter ging.

Ich meine, jeder wird ja irgendwann mal geärgert oder geprankt, aber das mit Jessi war was anderes. Das ging mit ihr bestimmt seit einem halben Jahr, seit sie diese TikTok Videos gedreht hat. Als wäre Tanzen das wichtigste in ihrem Leben! Tanzen auf TikTok!

Lesen Sie sich mal die Kommentare durch, die Jessi dafür bekommen hat. Vor allem ihre angeblichen besten Freundinnen Die haben sie immer wieder runtergemacht und dann gesagt: „Spaß, Jessi!“. Auch in der Klasse gab es immer wieder Hass – Kommentare.

Der Lehrer hatte keinen Plan davon, glaub ich. Manchmal hat Jessi abends in ihrem Zimmer geweint, und ich wusste nicht, wie ich ihr helfen sollte.

Ich hab sie in den Arm genommen und gesagt, dass die Leute einfach nur doof und neidisch sind und dass sie mega gut tanzen kann. Aber ich glaub, das hat ihr nicht viel gebracht. Es ist voll fies, wie gemein die Leute zu ihr waren, nur weil sie Spaß hatte und sich ausdrücken wollte. Die haben sich auf ihre Kosten einen Spaß gemacht; nur dass es für Jessi und auch für uns kein Spaß war.

Emma und Anja, Mitschülerinnen
Auf den Schulhof

Emma:

„Also, das war echt seltsam mit denen. Emilia und Calantha haben immer so getan, als wären sie Jessicas beste Freundinnen. Sie haben zusammen gelacht, waren in der Pause zusammen und haben auch nach der Schule viel Zeit miteinander verbracht. Aber dann gab es immer wieder diese Momente, wo sie Jessi so richtig fies behandelt haben. Und dann haben die einfach gelacht. Man wusste gar nicht, ob das Spaß oder Ernst war.

Jedenfalls zu Anfang nicht."

Anja:

„Genau, es war wie ein ständiges Auf und Ab. Mal waren sie total nett zu Jessi, und dann haben die sie plötzlich wieder runtergemacht, vor allem, wenn andere Schüler dabei waren. Ich glaube, sie wollten vor den anderen cool wirken und haben Jessi dafür benutzt."

Emma:

„Ich erinnere mich an eine Situation, wo Emilia und Calantha Jessi ein tolles Wochenende zu dritt versprochen hatten, und dann haben sie Jessi einfach stehen lassen und sind mit anderen Freunden ins Schwimmbad. Jessi war so traurig und enttäuscht. Aber trotzdem ist sie immer wieder zu ihnen zurückgekehrt, als wären sie ihre besten Freundinnen."

Anja:

„Es war echt schwer mit anzusehen, wie Jessi immer wieder von Emilia und Calantha verletzt wurde. Wir haben versucht, mit ihr darüber zu sprechen, aber sie hat das einfach nicht sehen wollen. Sie dachte wirklich, dass die beiden ihre Freundinnen waren."

Emma:

„Ja, es ist so traurig, dass sie das Vertrauen in ihre falschen Freundinnen gesetzt hat und dann so schlimm von ihnen enttäuscht wurde. Wir hätten ihr gerne mehr geholfen, aber sie wollte einfach nicht auf uns hören. Wenn wir das alles gewusst hätten, wir hätten viel mehr getan, um ihr zu helfen."

Anja:

„Ja, ich hab so was auch schon mal erlebt, in der vierten Klasse. Also falsche Freundinnen. Die waren neidisch auf mich, auf meine Noten. Und dann haben die mich runtergemacht. Streber, Angeber und so. Schleimer, das waren noch die weniger schlimmen Beschimpfungen. Das hat mich runtergezogen und ich bin schlechter in der Schule geworden. Hatte Angst, ganz allein da zu stehen.

Meine Lehrerin hat das bemerkt und mir damals sehr geholfen. Gott sei Dank hat sich das schlagartig geändert, als wir auf getrennte Schulen gekommen sind. Gegen solche kannst du nix machen, wenn du allein bist."

Emma:

„Doch, man muss zusammenhalten, dem anderen Halt geben. Meine Eltern sagen das immer. Und das stimmt. Ich hab Jessica damals getröstet, als das mit dem Wurm war. Ich hab gesagt, dass sie eine super Freundin ist und ich zu ihr stehe. Aber sie hat mich nur angelächelt und fast dabei geweint. Man konnte doch sehen, wie nah ihr dieser ganze TikTok Zirkus ging. Jedenfalls bin ich mega froh, dass ich der Vertrauenslehrerin über das Mobbing Bescheid gesagt hab.

Klassenlehrer Herr Murando
Klassenzimmer

Das Mobbing verläuft ja so, dass man es als Lehrer erst einmal gar nicht mitbekommt. Es passiert in den Pausen, in der Freizeit, wenn die unter sich sind. Und diejenigen, die gemobbt werden, sagen häufig nichts, suchen sich keine Unterstützung, weil sie sich schämen oder auch denken, dass das bald schon vorbei gehen wird. Aber das ist leider nur selten so. Wenn sich erst einmal eine Gruppe gegen einen einzelnen eingeschworen hat, ist es meist schwierig, das wieder aufzubrechen. Es ist möglich, braucht aber Zeit.

Auf unserer Klassenfahrt im letzten Jahr gab es diesen Abend, an dem die Schülerinnen und Schüler rund ums Lagerfeuer saßen, alles schien wunderbar, wir haben Teamspiele gespielt, bei denen alle zusammenhalten müssen um die Aufgabe zu lösen.

Alles schien gut und Entspannt. Aber dann, so erfuhr ich erst später, wurde Jessica in der Nacht von Ihrer Mitschülerinnen zu einer besonders ekligen Mutprobe herausgefordert. Sie sollte einen großen, lebenden

Regenwurm essen. Jessica war anfangs zögerlich, aber die anderen haben sie so unter Druck gesetzt, dass sie schließlich nachgegeben hat. Besonders schlimm war, dass ihr ein paar Mitschülerinnen versprochen haben sollen, dass das Mobbing dann aufhören würde, wenn sie den Wurm isst. Die Schüler haben das mit ihren Handys gefilmt, und ich habe das erst mitbekommen, als es schon zu spät war. Einen Tag später tauchte das Video von Jessica und dem Wurm auf TikTok auf, und es ging sofort viral.

Die Kommentare waren furchtbar und sehr abschätzig und verletzend. Die Schülerinnen und Schüler in der Klasse haben das Video immer wieder angeschaut und geteilt und Jessica damit aufgezogen. Ich habe versucht, dass das Video gelöscht wird, und dass das Mobbing in der Klasse aufhört. Wir hatten ein langes Klassengespräch mit allen beteiligten Schülern und ich hatte das Gefühl, dass ich das Problem in den Griff bekommen habe. Die Vertrauenslehrerin, Frau Schneider, habe ich ebenfalls dazu gebeten. Es schien wirklich, als wenn das Mobbing an der Stelle aufgehört hätte.

Es tut mir so leid, dass Jessica so tragisch ums Leben gekommen ist, es tut mir so wahnsinnig leid!

Janiii_99, Influencer auf TikTok

In seinem Studio in seinem Zimmer

Ja, genau. Ich bin 17. Ich tanze und das nicht schlecht – hab 30k + Follower und mit jedem Video werden es mehr. Mein Traum ist es, dass ich mal davon leben kann, muss aber trotzdem meinen Schulabschluss machen. Ist harte Arbeit das ganze neben der Schule. Jeden zweiten Tag ein neues Video, neue Styles, Kommentare beantworten, Liken. Gucken, was die anderen machen. Besser sein als die andern. Es ist wahr, dass viele junge Menschen denken, Fame und Beliebtheit auf Plattformen wie TikTok seien das Wichtigste im Leben. Aber ich möchte euch die Wahrheit über das Influencer-Dasein sagen. Es mag nach außen hin so aussehen, als hätten wir das perfekte Leben: schöne Klamotten, wir können tanzen, singen, haben tolle Autos und jede Menge Fans.

Aber das ist nicht die ganze Wahrheit. Influencer sind auch nur Menschen, die mit Unsicherheiten, Ängsten und Selbstzweifeln kämpfen. Bevor ich hier vor drei Jahren auf TikTok angefangen habe, war ich ganz normal, ich meine ich hätte nie gedacht, dass ich mal so erfolgreich sein könnte. Hatte Glück und bekam gleich zu Anfang viele Likes, und Follower.

Aber als ich mir letzten Sommer den Bänderriss geholt hab, war es ganz schnell vorbei mit dem Ruhm. Keine Videos, keine Likes.

Eigentlich ist das, was ihr online seht, nur eine inszenierte Version unseres Lebens. Ein Leben wie es im Drehbuch steht. Wo kein Platz ist für die negativen Seiten. Klar, wir sind alle verletzlich, aber niemand zeigt das gern. Darum schaffen wir ein perfektes Leben – Online. Und wenn die Kamera aus ist, dann haben unsere Socken Löcher, ist der Kühlschrank leer und wir haben keinen Bock mehr, aus dem haus zu gehen weil wir müde sind. Ganz normal also.

Der tragische Mord an Jessica sollte uns alle daran erinnern, dass das Streben nach FAME und Beliebtheit kein Weg ist, der Probleme beseitigt. Er schafft neue Probleme, ehrlich. Es ist wichtig, dass wir uns auf die Werte konzentrieren, die wirklich zählen, wie echte Freundschaft, Mitgefühl und Empathie.

Als Influencer habe ich eine Verantwortung, meine Plattform zu nutzen, um diese Botschaft zu verbreiten und jungen Menschen zu helfen, ein gesundes Verhältnis zu sozialen Medien aufzubauen.

Lasst uns gemeinsam daran arbeiten, eine Online-Welt zu schaffen, in der jeder respektiert und wertgeschätzt wird, unabhängig von Follower-Zahlen und Beliebtheit. Niemand sollte sich wegen seiner Online-Präsenz weniger wertvoll fühlen.

Klassenchat

vom 01.03.2025 (10 Tage vor der Tat)

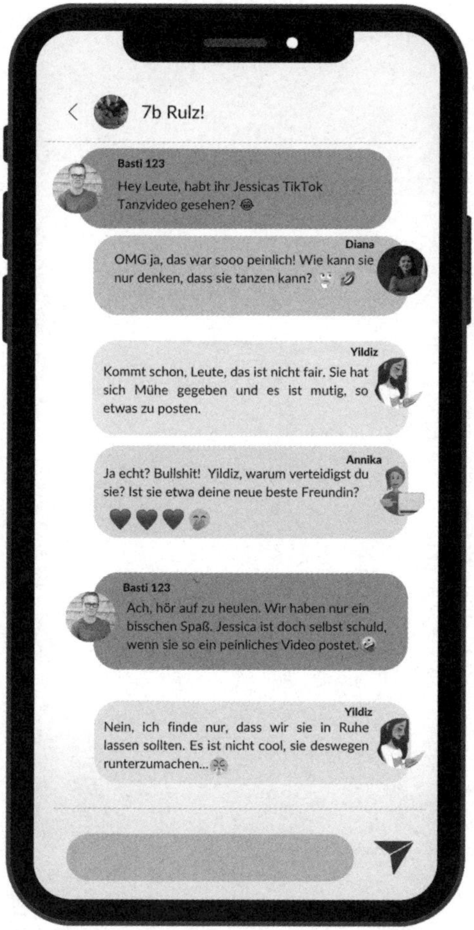

Mia und Selena, Mitschülerinnen

Schulflur

Selena:

„Mia, wie konntest du nur so gemein zu Jessi sein? Du hast doch gesehen, wie sehr ihr das wehgetan hat!“

Mia:

„Ach ne komm, Selena, das war doch nur Spaß. Alle haben Witze über ihre TikTok-Videos gemacht. Über miene Videos wurden dicoh auch Witze gemacht. Ich hab’ nicht gedacht, dass es so schlimm enden würde.“

Selena:

„Spaß? Echt jetzt? Du hast Jessi fertiggemacht, und jetzt ist sie tot! Siehst du nicht, was dein
‚Spaß‘ für schlimme Folgen haben kann?“

Mia:

„Na klar, jetzt bin ich plötzlich schuld oder was? Ich hab' sie doch nicht umgebracht! Ich wusste ja damals nicht, dass sie so empfindlich ist, die hat immer so ausgesehen, als ob sie das einfach wegsteckt. Die hat doch mitgelacht."

Selena:

„Empfindlich? Mia, sie wurde gemobbt, und du hast mitgemacht! Du hättest ihr helfen sollen, statt sie noch mehr runterzuziehen. Vielleicht wäre das alles dann nicht passiert."

Mia:

„Hör auf, mich so anzumachen! Ich fühl' mich schon schlecht genug. Ich kann die Zeit nicht zurückdrehen, Selena. Aber jetzt weiß ich, dass Mobbing echt kein Spaß ist."

Selena:

„Na wenigstens das. Ich hoffe, du hast daraus gelernt, Mia. Der armen Jessi kann man nicht mehr helfen, aber vielleicht können wir anderen helfen, wenn sie in ähnlichen Schwierigkeiten sind."

David aus der Parallelklasse

In der Cafeteria

So eine typische Szene, die die mit Jessi veranstaltet haben? Also, an dem Tag war der Lehrer noch nicht im Raum, und alle waren ein bisschen aufgedreht, weil wir gerade Pause hatten. Emilia und Calantha haben dann angefangen, Jessi wegen ihres neuesten TikTok-Videos aufzuziehen.

Sie haben echt gemeine Sachen gesagt und sie ausgelacht.

Emilia hat dann vorgeschlagen, dass Jessi mal für uns in der Klasse tanzen sollte, damit wir auch so viele Follower bekommen wie sie. Calantha hat noch draufgesetzt, dass sie eigentlich gar nicht so viele Hater haben will wie Jessi. Ich fand das schon ziemlich fies, aber ich hab' nichts gesagt. Ich wollte nicht, dass sie sich dann auch über mich lustig machen.

Ein paar Schüler haben dann mit Emilia und Calantha gelacht und Jessis Tanz nachgemacht. Es war echt nicht gut, und ich hab' gesehen, wie sehr es Jessi getroffen hat. Sie hat versucht, stark zu sein und ihre Tränen zurückzuhalten. Ich wünschte, ich hätte mich damals für sie eingesetzt, aber ich war einfach zu feige.

Jetzt, wo ich zurückdenke, war das echt eine schlimme Situation, und ich bereue, dass ich nicht geholfen habe. Ich hätte wenigstens versuchen können, Emilia und Calantha davon abzuhalten, Jessi so fertigzumachen. Vielleicht hätte das alles dann anders ausgehen können.

TikTok Reaktionen auf Jessicas Tanzvideo vom 7. März 2025 auf TikTok

(4 Tage vor der Tat)

User @Egalwer:

„Oh Gott, guckt euch diese Loserin an! Sie kann ja nicht mal tanzen! Calantha hat Recht Jessi, Du musst weg! #Peinlich“

User @queeny123:

„Jessi, hör auf zu tanzen, sonst hast du bald noch weniger Freunde als jetzt! #nobodycares“

User @the_real_deal22:

„Ich dachte, Tanzen sollte schön aussehen? Was ist das hier? Ein Albtraum auf zwei Beinen? #fail“

User @badgurlz:

„Jessica, wenn du tanzt, sehen meine Augen weh! Hör auf, bevor du noch mehr Leute traumatisierst. #stopdancing“

User @savage_88:

„Wirklich? Das ist das Beste, was du kannst? Mein Hund tanzt besser als du, Jessi! #pathetic“

User @smiley101:

„Wow, Jessi, das ist echt traurig. Du solltest echt mal überlegen, ob du deinen TikTok-Account löschst. #fürdeinwohl“

User @dontcaremuch94:

„@queeny Haha, du hast so recht! Jessi ist echt das Lachstück der Schule.“

User @queeny:

„@the_real_deal22 Schlimmer geht's nicht, oder? Jessi sollte echt aufgeben.“

User @the_real_deal22:

„@badgurlzrule Vielleicht sollten wir eine Unterschriftensammlung starten, damit Jessi ihren Account löscht.“

User @badgurlz:

„@savage_boy88 Dein Hund sollte Jessi Tanzunterricht geben! Vielleicht hilft's ja!“

User @smiley101:

„@dontcaremuch94 Wir sollten uns zusammentun und Jessi ne klare Botschaft senden: Geh weg! #gemeinsam-stark“

Die Eltern

Im Wohnzimmer

Vater:

„Ich erinnere mich daran, wie begeistert Jessica von TikTok war. Sie liebte es, Tanzvideos zu machen. Aber dann begann das Mobbing. Einige ihrer Mitschüler haben sie wegen ihrer Videos gehänselt und beleidigt. Sie hat versucht, es uns nicht anmerken zu lassen, aber wir haben gesehen, wie sehr es sie verletzt hat."

Mutter:

„Es war so grausam, mit anzusehen, wie unsere Tochter wegen etwas, das sie so sehr liebte, gemobbt wurde. Wir haben versucht, mit ihr darüber zu sprechen, aber sie hat uns immer wieder versichert, dass sie damit klarkommt. Wir hätten mehr tun sollen, wir hätten stärker darauf bestehen sollen, der Sache auf den Grund zu gehen."

Vater:

„Genau, wir hätten mehr tun sollen! Vielleicht hätte das alles verhindert werden können. Aber wer hätte gedacht, dass ihre eigenen Freundinnen so etwas tun würden? Es ist einfach unfassbar. Und jetzt ist unsere geliebte Tochter weg, und wir können nichts tun, um sie zurückzubringen.“

Jana
An Jessis Grab

Jessi hat mir mal von der Klassenfahrt erzählt, als sie erst am Lagerfeuer saßen und dann alle diese Mutproben gemacht haben. Sie hat gesagt, dass sie echt Angst hatte, als sie einen Wurm essen sollte. Aber die anderen haben sie so doll geärgert und sie wollte nicht als Feigling dastehen. Und sie haben ihr gesagt, dass sie dann dazu gehört. Also hat sie's einfach gemacht.

Sie hat mir erzählt, dass es total eklig war und sie das Gefühl hatte, dass ihr gleich schlecht wird. Und dann haben einige blöde Schüler das auch noch mit ihren Handys gefilmt. Jessi dachte, dass das Video nur so ein bisschen in der Schule rumgezeigt wird, aber dann war's plötzlich auf TikTok und alle haben es gesehen.

Jessi hat mir gesagt, dass die Leute in der Schule und im Internet total gemein zu ihr waren. Sie haben sie ausgelacht und blöde Sachen gesagt. Sie hat sich richtig schlecht gefühlt und wollte gar nicht mehr zur Schule gehen. Sie hat auch mit ihrem Klassenlehrer geredet, aber irgendwie hat das nicht so richtig geholfen.

Ich finde das unendlich gemein, dass die anderen Jessi so geärgert haben. Sie war echt total lieb und nett, und das war einfach nur fies von ihnen.

Vertrauenslehrerin Frau Schneider
Sprechzimmer

Ja, das war eine schlimme Zeit für Jessica. Nach dem Vorfall mit dem Wurm habe ich bemerkt, dass sich Jessica verändert hat. Sie war zurückgezogener und schien traurig. Als Vertrauenslehrerin war es mir ein großes Anliegen, ihr zur Seite zu stehen und herauszufinden, wie ich ihr helfen könnte. Wir haben mehrmals zusammengesessen und über ihre Erfahrungen, Gefühle und Gedanken gesprochen. Jessica hat mir erzählt, wie sehr sie unter den Gemeinheiten der anderen Kinder litt und wie sie sich nach dem Video mit dem Wurm auf TikTok noch schlimmer fühlte.

Sie hatte das Gefühl, dass sie niemandem mehr vertrauen konnte und dass sie völlig allein war. Ich habe versucht, ihr Mut zuzusprechen und sie zu ermutigen, sich nicht unterkriegen zu lassen. Wir haben erreicht, dass der Film auf TikTok gelöscht wurde. Aber da hatte ihn schon so viele gesehen.

Mit den beteiligten Kids habe ich gesprochen, denen gesagt, dass das ernste Konsequenzen hat, wenn sie nicht mit dem Mobben aufhören. Und ich hab gedacht, dass das etwas genutzt hat. Nicht gleich bestrafen, sondern erst mal appellieren. Man, das sind doch noch Kinder.

Ich habe auch mit Jessicas Klassenlehrer und anderen Lehrern gesprochen, um herauszufinden, wie wir als Schule besser auf das Problem des Mobbings reagieren könnten.

Und ich habe Calantha und Emilia zu mir eingeladen, um mit ihnen zu sprechen. Der Klassenlehrer hat den beiden eine Klassenkonferenz angedroht, wenn das Mobben nicht aufhört. Dass die beiden Mädchen sich so in Rachefantasien und – Pläne hineinsteigern. Eine vollkommen toxische Beziehungen zwischen den dreien, vollkommen unberechenbar.

Wir haben im Kollegium Anti-Mobbing-Workshops organisiert und versucht, den Schülern zu zeigen und beizubringen, wie wichtig es ist, respektvoll miteinander umzugehen. Respektvoll auch im Social Media – Bereich. Den Kinder fehlt häufig jemand, der ihnen sagt, dass es auch im Netz Grenzen gibt, die unbedingt eingehalten werden müssen. Nur weil man anonym oder mit Avatar unterwegs ist, darf man sich nicht alles rausnehmen und anderen gegenüber verletzend sein.

Ich wünschte, ich hätte mehr für sie tun können, um sie zu unterstützen und ihr das Gefühl zu geben, dass sie nicht allein ist. Es bricht mir das Herz, dass sie so schrecklich leiden musste. Und es bricht mir das Herz, dass Jessi nicht mehr lebt.

Der Schreibwarenhändler Herr Fuchs
in Freiberg. Ladentheke

Das ist schlimm, das ist so schlimm, was der Jessica passiert ist. Mobbing gab es ja auch schon damals, aber wir nannten es anders. Wir hatten damals auch Kinder, die geärgert oder gehänselt wurden. Aber es war doch nicht so extrem wie das, was man heute Mobbing nennt!

Ein bisschen ärgern und Neckereien gehören meiner Meinung nach zum normalen Zusammenleben dazu. Man muss lernen, mit solchen Situationen umzugehen und sich nicht gleich unterkriegen zu lassen. Aber es gibt Grenzen. Wenn jemand ständig schikaniert, beleidigt oder körperlich angegriffen wird, dann ist das ganz klar Mobbing. Und das ist etwas, was wir nicht tolerieren dürfen.

Ich glaube, es ist wichtig, dass wir unseren Kindern und Enkelkindern beibringen, respektvoll miteinander umzugehen und für die Schwächeren einzustehen. Wir müssen ihnen zeigen, dass Mobbing nicht in Ordnung ist und dass wir alle Verantwortung tragen, solche Situationen zu verhindern oder zu stoppen, wenn wir sie sehen.

Es ist wirklich erschütternd, dass es heute solche extremen Fälle von Mobbing gibt, die sogar zu solch tragischen Ereignissen wie dem Tod eines Kindes führen. Ganz ganz schlimm. Unfassbar schlimm.

@BoMarti_bizz. Influenzer und TikToker

8, 5k Follower

Man, heutzutage ist es echt wichtig, Fame auf TikTok zu haben. Wenn du viele Follower hast und fancy Videos machst, dann bist du bei allen beliebt und hast das Sagen. Fame ist das Wichtigste überhaupt, sonst bist du einfach ein Niemand.

Ich meine, schau mal, alle wollen so sein wie wir Influencer, die man auf TikTok sieht. Sie haben coole Klamotten, fahren tolle Autos und werden von allen bewundert. Das ist das Ziel, oder? Wenn du Fame hast, dann hast du Macht. Und wenn du Macht hast, kann dir niemand etwas anhaben.

Vielleicht hätte diese Jessica auch mehr Follower auf TikTok haben sollen, dann wäre sie vielleicht nicht gemobbt worden. Es ist schon echt traurig, aber so läuft es halt in unserer Welt. Wenn du nicht berühmt bist, dann bist du einfach nur einer von vielen, und das kann hart sein.

Ich wünschte, es wäre anders, aber so ist es nun mal.

Georg Albert, Hausmeister der Gesamtschule Freiberg

Pausenhalle

Ich möchte und darf eigentlich nicht viel dazu sagen, aber es gab diesen einen Vorfall, den ich nicht vergessen kann. Ich habe nämlich mal mitbekommen, wie Jessica gemobbt wurde. Ein paar Kinder hatten sie umringt und sie mit Beleidigungen beschimpft. Das arme Mädchen stand da und versuchte, ihre Tränen zurückzuhalten. Das passiert öfter, dass die Kinder nicht wissen, wann Schluss ist, wann der Spaß aufhört. Ich frage mich, was die Eltern denen heutzutage beibringen. Die verhalten sich wie die Axt im Wald und finden kein Ende. Gucken Sie sich mal die Nachrichten an: Voll von Gewalt und Brutalität.

Als ich das gesehen habe, konnte ich natürlich nicht einfach untätig bleiben. Ich bin sofort dazwischen gegangen und habe die Kinder zurechtgewiesen. Ich habe ihnen gesagt, dass so ein Verhalten absolut inakzeptabel ist und dass sie sich schämen sollten. Dann habe ich sie alle ins Sekretariat geschickt, damit die Schulleitung sich um den Vorfall kümmern konnte.

Das hätte es bei uns damals nicht gegeben, so ein Verhalten. Wissen Sie was? Die Eltern sollte man auch wieder zur Schule schicken, damit die mal lernen, und sehen, wie ihre Kinder sich hier benehmen. Wie offene Hose. Eine Schande ist das.

Jana
Bei Oma Katrin

Irgendwann im Februar hat Jessica mir erzählt, dir glaub ich auch, Oma, dass sie von Emilia und Calantha auf TikTok gemobbt wurde. Auch in der Schule ging das so weiter. Sie war sehr traurig und verletzt darüber und hat sich gefragt, warum ihre Freunde so gemein zu ihr sind.

Es ist nicht fair, dass sie so behandelt wurde. Sie war so stark, hat sich nichts anmerken lassen, aber innen war sie kaputt.

Ich habe versucht, sie zu trösten und ihr gesagt, dass sie großartig ist und dass sie nicht aufhören sollte zu tanzen, nur weil ein paar Leute gemein sind. Sie hat dann ja auch weitergemacht.

Drittes Kapitel
Die Tat

Screenshot von Emilia an Calantha gesendet

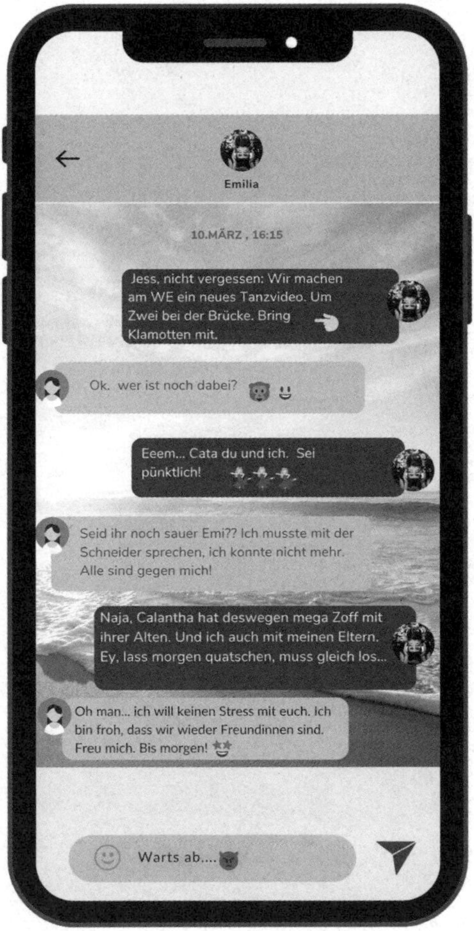

Jessicas Eltern

Vor der Schule

Wir sind voller Wut und Verzweiflung, weil unsere geliebte Tochter ihr Leben verloren hat. Wir haben Jessica verloren. Wegen eines Streits unter Gleichaltrigen. Wegen TikTok Videos? Wegen eines kindischen Streits? Weil sich zwei Mädchen nicht wissen, wo die Grenzen sind? Weil die meinen wenn sie andere klein machen, werden sie selbst groß und die stehen über allem und jedem? Wo leben wir? Was ist aus dieser Welt geworden?

Ich stehe morgens auf und da ist diese Leere, verstehen sie, Jessica kommt nie wieder. Und die Familien und die Täterinnen? Die sitzen jetzt zusammen, haben Spaß am Leben, sind ja noch zu jung um zur Rechenschaft gezogen zu werden. Die haben mein Kind ermordet. Einfach so. Und die laufen jetzt irgendwo unerkannt frei rum, haben später selbst Familien. Meine Jessica nicht. Wir sind unendlich enttäuscht von den Lehrern, die kaum was gemacht haben, von den Mitschülern und Freunden von Jessica. Sie hätten ihr beistehen und sie unterstützen sollen, statt wegzuschauen oder sogar mitzumachen. Unsere

Tochter hätte leben können, wenn nur jemand gehandelt hätte, wenn nur jemand den Mut gehabt hätte, sich gegen das Mobbing zu stellen und die Schikanen dieser Mörderinnen zu stoppen. Keine Familie sollte das durchmachen müssen, was wir gerade erleben.

Mia
Pausenhalle

Die haben sich da im März am Wochenende am 11. März zu dritt bei der Brücke im Wald verabredet, Calantha, Emilia und Jessica, so als wären sie die besten Freundinnen. Jessi hat mir das an dem Tag in der Pause erzählt. Und wollten was zusammen machen. Abhängen und tanzen und so. Haben die auch in die WhatsApp Gruppe geschrieben:

Heute Dreh im Wald: Steile Moves von Jessi, Emi und Cala. Ich hab gedacht, die verarschen Jessi schon wieder, niemals, dass die drei zusammen ein TikTok drehen.

Oh man, wenn ich dran denke wird mir ganz schlecht. Die sollen 50 mal auf sie eingestochen haben. Erst Calantha, dann Emilia. Ich fass es nicht. Ich meine, die sind so alt wie ich. Und nur, weil Jessica sich der Vertrauenslehrerin anvertraut hat und sich auf TikTok gewehrt hat gegen den Shitstorm.

Nur weil sie zurückgeschrieben hat, dass Calantha fette O-Beine hat. Ich meine, was die anderen ihr alles an den Kopf geworfen haben, das war unfassbar gemein. Und ja:

Es haben so viele mitgemacht. Dass das so enden würde, ich verstehe das nicht. Ich versteh es nicht. Es ist so krass. Mega krass.

Adele, eine Cousine von Calantha

Bushaltestelle

Ich hab lange keinen Kontakt zu Cala gehabt und möchte mich eigentlich nicht groß äußern, aber ich kann sagen, dass Calantha als Kind wirklich lieb war. Sie hats nicht leicht gehabt. Eltern ständig im Zoff und schlimm war es für sie vor allem als der Vater die Familie verlassen hat und ins Ausland abgehauen ist. So ein Feigling. Calantha hat sehr darunter gelitten. Aber ich möchte darüber nicht weiter sprechen.

Frau Velthues,
Emilias Grundschullehrerin

In ihrem Wohnzimmer

Emilia war damals in der Grundschule eine meiner Schülerinnen. Sie war eigentlich immer sehr zurückhaltend und eher schüchtern. Sie hatte einige Freunde, aber sie hat sich meistens im Hintergrund gehalten und war eher eine stille Beobachterin. Und wenn Sie mich so fragen: Emilia war eigentlich eine gute Schülerin, und sie hat ihre Aufgaben immer gewissenhaft erledigt und sich auch auf den Unterricht vorbereitet.

Als ich dann im Frühjahr von den Anschuldigungen gegen sie gehört habe, war ich absolut geschockt. Ich kann es kaum glauben, dass dieses schüchterne Mädchen, das ich unterrichtet habe, zu so einer furchtbaren Tat fähig sein soll. Ein Mord an einer Gleichaltrigen. Ich frage mich seitdem immer wieder, was passiert sein muss, dass sich ein Kind so sehr verändert und zu solch einer entsetzlichen Handlung getrieben wird.

Ich bin fest davon überzeugt dass TiKTok und Whats-

App und diese ganzen sozialen Medien den Kindern nicht gut tun! Ich hab gehört, dass der Umgangston da so unglaublich schlimm ist, wie es sich im normalen Leben keiner traut. Darüber muss man auch reden. Das ist das Übel: Die Nutzer meinen, sie sind ja anonym und können dann machen, was sie wollen, weil sie keine Konsequenzen befürchten müssen.

Lukas, 13
Bibliothek

Also, wie die beiden sind, die Jessica umgebracht haben?

Ich kannte die nur von fern, also die Emilia und die Calantha. Ehrlich gesagt, ich hätte das nie für möglich gehalten. Emilia, sie war immer so eher ruhig und zurückhaltend. Eigentlich immer freundlich, aber sie hat nicht so viel geredet.

Sie hat sich meistens immer an die Regeln gehalten und war eher eine gute Schülerin. Die Ist der Calantha hinterher wie ein Hündchen gefolgt, immer hinterher.

Calantha hingegen, sie war schon manchmal auch – wie soll ich sagen, brutal und provokant. Sie hatte ihren eigenen Kopf und ließ sich nichts sagen. Hat auch schon mal zugeschlagen, aber das ist ja normal, wenn man sich wehren muss, ey, die hat dem Dennis aus der 7E mal so in den Magen geboxt, dass der – hm, egal jetzt.

Aber trotzdem, niemand hätte gedacht, dass sie zu so einer grausamen Tat fähig wären. Die Calantha hat bestimmt 5k Follower auf TikTok gehabt. Mit Tanzvideos. Voll der Star. Und nach dem Mord haben alle von ihr geredet.

Viktor, Mitschüler

Ich erinnere mich noch genau an den Moment, als ich von der Tat erfahren habe. Ich war gerade dabei, meinem Hund die Leine anzulegen, um mit ihm spazieren zu gehen. Mein Handy vibrierte in meiner Tasche, und ich sah, dass ich eine Nachricht von Paul, einem Mitschüler, bekommen hatte. Ich war neugierig, was er mir geschrieben hatte, also habe ich das Handy rausgeholt und die Nachricht gelesen. Ich konnte meinen Augen kaum trauen. Er schrieb, dass Jessica im Wald erstochen aufgefunden wurde und Emilia und Calantha dafür verantwortlich wären. Mir wurde schwindelig, und ich musste mich erst mal setzen. Ich konnte nicht begreifen, was ich gerade gelesen hatte.

Jessica, das fröhliche Fußball – Mädchen aus meiner Klasse, war tot. Sie ist getötet worden. Von ihren beiden Freundinnen getötet worden.

Erstochen mit über fünfzig Messerstichen. Unfassbar ist, dass zwei Mädchen, die ich als ihre Freundinnen angesehen hatte, dafür verantwortlich sind.

Ich fühlte mich so hilflos, und wütend und schockiert zugleich. Wie konnte so etwas passieren? Warum hatten Emilia und Calantha so etwas getan? Ich wollte es nicht glauben, aber die Nachrichten bestätigten das, was mein Mitschüler geschrieben hatte. In diesem Moment wurde mir klar, wie zerbrechlich das Leben ist und wie schnell es vorbei sein kann. Ich musste an Jessicas Familie

denken und wie furchtbar es für sie sein musste, ihre Tochter auf so grausame Weise zu verlieren. Und an die Eltern von den beiden Täterinnen musste ich auch denken, wie es denen wohl geht. Die Wut schlug schnell in Trauer um. Wir sind ja auch fies zu Jessi gewesen, die Sache mit der Mutprobe, ich hab echt nicht gewusst, wie schwer ihr das zu schaffen gemacht hat. Vielleicht hätten wir ihr irgendwie helfen können, wenn wir nur ein bisschen mutiger gewesen wären und mal gesagt hätten, die sollen aufhören, Jessica immer zu mobben. Jetzt haben wir nie wieder die Chance dazu.

Klassenlehrer Herr Murando

Ich werde nie den Moment vergessen, als ich von der furchtbaren Tat erfuhr. Es war ein normaler Abend, und ich saß an meinem Schreibtisch, um die Aufsätze meiner Schülerinnen und Schüler zu korrigieren. Ich war gerade bei einem Aufsatz von Emilia, als mein Handy klingelte. Es war ein Anruf von der Schulleitung. Sie informierten mich über das schreckliche Geschehen – dass Jessica erstochen wurde und Emilia und Calantha dafür verantwortlich waren.

Ich war vollkommen fassungslos. Ich konnte nicht glauben, was ich gerade gehört hatte. Mein Herz raste, und mir wurde übel. Ich dachte an Jessica und wie fröhlich und lebensbejahend sie immer war. Und dann an Emilia und Calantha, die auch meine Schülerinnen waren. Ich hatte sie alle im Unterricht und kannte sie seit Jahren. Dass zwei von ihnen zu einer solchen Tat fähig sein sollten, war für mich unvorstellbar. Aus meiner Klasse, ich dachte, ich würde die Kinder kennen.

Der Gedanke daran, dass ich da gerade die Aufsätze von Emilia und Calantha in meinen Händen hielt, ließ mich erschaudern. Ich musste die Korrektur abbrechen, da ich mich nicht mehr konzentrieren konnte. In meinem Kopf drehten sich tausend Fragen: Warum hatten sie das getan? Hätte ich etwas bemerken müssen? Was hätte ich noch tun können, um diese Tragödie zu verhindern?

TikTok Kommentare

User @no_more_hate:

„Dieser Vorfall sollte uns alle wachrütteln. Wir müssen endlich lernen, uns gegenseitig mit Respekt zu behandeln.#Respekt"

User @never_forget_jessica:

„Wir sollten ein Zeichen setzen und Jessicas Geschichte teilen, damit so etwas nie wieder passiert."

User @unfair_world:

„Wieso können die so etwas tun und keine Strafe kriegen?! Das ist so krank! #GerechtigkeitFürJessica"

User @eye4aneye:

„Die Eltern sollen auch bestraft werden! Wo waren die?! Solche Kinder erziehen die???! #ElternVerantwortlich"

User @shocked_girl99:

„Das ist so schrecklich! Ich kann nicht fassen, was passiert ist. Arme Jessica! #RIPJessica“

User @fighter_for_good:

„Ich hoffe, dass die beiden Mädchen die Konsequenzen ihrer Tat spüren werden und dass sich so etwas nicht wiederholt.#Justice“

User @no_mercy:

„Wenn ich die in die Finger kriege, dann würd ich ihnen mal zeigen, wie sich das anfühlt! #RacheFürJessica“

User @truthseeker:

„Ich verstehe nicht, wie jemand so jung zu so einer grausamen Tat fähig sein kann. Wie kann man so etwas tun? #JusticeForJessica“

User @kindness4:

„Lasst uns alle für Jessicas Familie beten und ihnen Kraft in dieser schwierigen Zeit wünschen #StayStrong“

User @awareness_now:

„Das zeigt, wie schlimm Mobbing wirklich ist. Wir müssen

aufmerksam sein und uns gegenseitig unterstützen! #StopBullying“

User @simply_sad:

„Ich fühle mich so hilflos und traurig. Warum passieren solche Dinge“

User @no_more_hate:

„Dieser Vorfall sollte uns alle wachrütteln. Wir müssen endlich lernen, uns gegenseitig mit Respekt zu behandeln. #SpreadLoveNotHate“

User @never_forget_jessica:

„Wir sollten ein Zeichen setzen und Jessicas Geschichte teilen, damit so etwas nie wieder passiert. #NeverForgetJessica“

User @broken_heartz:

„Sie haben Jessicas Leben zerstört und kriegen keine Strafe? Wo bleibt die Gerechtigkeit? #KeineGnade“

User @angry_momma:

„Diese Mörderinnen sollten im Jugendknast landen und deren Eltern sollen in der Psychiatrie! So lernen die ihre Lektion! #KeinMitleid“

Lukas, 13
Bibliothek

Ich glaub, es war im letzten Winter. Ich erinnere mich noch an diesen Tag in der Mensa, da hatte es geschneit. Die Emilia und die Cala haben der Jessi Schnee in den Pulli gestopft und draufgehauen… die hat so was von geschrien und dann als wir alle zusammen saßen und gelacht haben, hat sie mitgelacht. Sie wirkten so normal, wie alle anderen unserem Alter. Bisschen lästern, bisschen aufziehen, bisschen mobben ist doch normal. Aber Ich kann einfach nicht begreifen, wie es so weit kommen konnte. Es ist einfach unfassbar, dass sie jetzt als Mörderinnen sind. Cringe.

♥1

Frau Ruskowski, Nachbarin von Calantha

Hauseingang

Also, Calantha? Ich kenne das Mädchen schon seit einigen Jahren. Sie wohnt ja gleich nebenan und hat mir oft bei meinen Einkäufen geholfen, wenn ich es selbst nicht mehr schaffte. Sie hat sich dann immer ein bisschen Geld dazuverdient. Immer freundlich und hilfsbereit war sie.

Ich kann mir einfach nicht vorstellen, dass sie zu so einer schrecklichen Tat fähig ist. In unserer Zeit, als wir jung waren, gab es so was wie Mobbing gar nicht. Zumindest nicht, wie es heute ist. Die Kinder haben sich manchmal gestritten und geärgert, aber wir hätten nie gedacht, dass es zu so einer Tragödie führen könnte.

Calantha schien immer ein so liebes und aufgewecktes Mädchen zu sein. Es bricht mir das Herz, zu wissen, dass sie in so eine schreckliche Sache verwickelt ist. Ich hoffe nur, dass die Wahrheit ans Licht kommt und wir alle verstehen können, wie es zu dieser furchtbaren Tat kommen konnte.

Die Schulleiterin Frau Güleyman
Büro

Als Schulleiterin habe ich seit Beginn meiner Tätigkeit an dieser Schule immer betont, dass Mobbing und Diskriminierung keinen Platz bei uns haben. Die Nachricht über Jessicas tragischen Vorfall hat mich zutiefst erschüttert und bestürzt. Ich kann nicht glauben, dass so etwas unter meiner Aufsicht geschehen konnte.

Wir haben an unserer Schule immer versucht, ein sicheres Umfeld für alle Schülerinnen und Schüler zu schaffen. In der Vergangenheit haben wir zahlreiche Präventionsmaßnahmen ergriffen, um Mobbing vorzubeugen und mögliche Konflikte frühzeitig zu erkennen. Lehrerinnen und Lehrer wurden in Mobbingprävention geschult und wir haben Schülerinnen und Schüler dazu ermutigt, offen über ihre Probleme zu sprechen.

Ich möchte betonen, dass ich persönlich alles in meiner Macht Stehende getan habe, um unsere Schule zu einem Ort zu machen, an dem sich alle wohlfühlen und angstfrei lernen können. Mobbing wird an unserer Schule nicht toleriert und wir werden weiterhin alles tun, um unsere Schülerinnen und Schüler zu schützen und ihnen eine sichere Lernumgebung zu bieten. Wir werden den Vorfall gründlich untersuchen und unsere Maßnahmen zur Prävention und zum Schutz unserer Schülerinnen und Schüler weiter verstärken.

Die Eltern
Bei Oma Katrin

Chiara P.:

„In dem Moment, als sie sagten, dass unsere Jessica ermordet wurde, brach für uns die Welt zusammen. Ich konnte es einfach nicht glauben. Ich dachte, das muss ein schrecklicher Fehler sein, es kann nicht unsere Jessica sein."

Jan P.:

„Ich bin zusammengebrochen, als ich die Nachricht hörte. Meine Beine konnten mich nicht mehr tragen, und ich sank auf den Boden. Es war, als würde uns der Boden unter den Füßen weggezogen."

Chiara P.:

„Wir haben geweint, geschrien, gefleht, dass es nicht wahr sein kann. Es war so unwirklich. Unsere Tochter, unser kleines Mädchen. Wie konnte das passieren? Es war wie ein Albtraum, aus dem wir nicht aufwachen konnten."

Jan P.:

„Die folgenden Tage waren ein einziger Nebel aus Schmerz und Verzweiflung. Wir konnten nicht essen, nicht schlafen, nicht einmal denken. Alles drehte sich nur um Jessica und die Frage, warum das passiert ist."

Chiara P.:

„Und dann, als wir erfuhren, dass ihre eigenen Freundinnen für ihren Tod verantwortlich waren. Das war einfach zu viel. Wir konnten es nicht begreifen. Wie konnte so etwas Schreckliches passieren?"

Auszüge aus dem Polizeiprotokoll Verhör von Emilia und Calantha

Polizeiwache

Beamter 1:

„Emilia, kannst du uns erzählen, was am Tag von Jessicas Tod passiert ?“

Emilia:

„Ja, also, wir waren wirklich wütend auf Jessica, weil sie zur Vertrauenslehrerin gegangen ist und uns verpetzt hat. Weil wir sie angeblich gemobbt haben. Die haben doch alle mitgemacht. Die ganze Schule! Ich hatte sowieso schon genug Stress zu Hause. Cala und dachten, die hat es verdient, bestraft zu werden. Aber wir wollten sie nicht umbringen, zumindest nicht am Anfang.“

Beamter 2:

„Wie habt ihr den Mord geplant?“

Emilia:

„Wir haben ein paar Tage vorher angefangen, darüber zu reden, was wir tun könnten. Irgendwann kam Calantha auf die Idee, Jessica in den Wald zu locken, um ihr dort eine Lektion zu erteilen. Wir haben nicht genau geplant, was wir tun würden, aber wir wollten sie einschüchtern und Angst einjagen, nur ein bisschen.“

Beamter 1:

„Was ist dann im Wald passiert?“

Emilia:

„Wir haben sie überredet, mit uns in den Wald zu gehen, um da ein Tanzvideo aufzunehmen.

Dort bei der Brücke haben wir angefangen, sie zu beschimpfen und zu schubsen. Ich weiß nicht genau, wie es dazu gekommen ist, aber irgendwann hat Calantha das Messer gezogen und Jessica damit bedroht. Ich war geschockt, aber ich habe nicht aufgehört sie zu schubsen. Die hat sich gar nicht gewehrt, die hat einfach nur geschaut. Und dann hat Calantha zugestochen. Jessica hat dann geschrien und geweint. Die hat gesagt, sie zeigt uns bei der Polizei an.

Und wir hatten Panik. Ich meine, ich wollte das alles nicht. Dann hab ich das Messer genommen. Wir haben einfach weitergemacht, damit sie endlich still ist! Als sie am Boden lag und sich nicht mehr bewegte, haben wir noch immer nicht begriffen, was wir da getan haben.

Wir hatten tierische Angst und sind dann weggelaufen."

Verhör von Calantha

Beamter 1:

„Calantha, wie kam es dazu, dass du auf Jessica eingestochen hast?“

Calantha:

„Ich weiß es nicht genau. Ich war so wütend auf sie, weil sie uns verraten hat. Und dann hat die sich nicht gewehrt. Hat einfach geheult. Als wir im Wald waren, wollte ich ihr nur Angst machen, aber dann ist es einfach passiert. Ich hatte das Messer dabei, weil ich dachte, dass es sie einschüchtern würde. Ich wollte sie nicht wirklich töten. Wirklich nicht.“

Beamter 2:

„Warum hast du das Messer mitgenommen?“

Calantha:

„Ich habe es von zu Hause mitgenommen, weil ich dachte, es würde uns helfen, Jessica Angst einzujagen. Nur ein bisschen. Ich habe es aus der Küche genommen, bevor wir uns mit ihr getroffen haben. Ich hatte keine Ahnung… ich hatte voll die Wut! Die hat mir mit dem verpetzten voll den Stress gemacht, wissen Sie, wie meine Mutter abgeht, wenn die das erfahren hätte von dem Mobbing. Ich will nach Hause!“

TikTok Diskussion 1

User #1 – @justiceforall87:

„Ich kann nicht glauben, was diese 12 – und 13-jährigen Mörderinnen getan haben! Jessica wurde erst gemobbt und dann getötet. Sie verdienen eine Gefängnisstrafe! #gerechtigkeit #stopptmobbing“

User #2 – @compassionmatters22:

„Ich verstehe den Schmerz und die Wut, aber wir sollten bedenken, dass sie noch Kinder sind. Geltendes Recht schützt sie vor Gefängnisstrafe, weil sie noch zu jung sind. Wir sollten nach alternativen Bestrafungen suchen. #gesetz #kinderrechte“

User #3 – @neverbackdown99:

„Alter schützt vor Strafe nicht! Wir brauchen härtere Gesetze gegen Mobbing und Gewalt. Wenn wir nicht handeln, wird das nur weitergehen. Lasst uns das Gesetz ändern! #bestrafung #gegenmobbing“

User #4 – @thinkbeforeact12:

„Geltendes Recht ist da, um uns alle zu schützen. Wir sollten uns auf Bildung und Vorbeugung von Gewalttaten konzentrieren, um solche schlimmen Taten zu verhindern, anstatt die Gesetze zu ändern und junge Menschen ins Gefängnis zu werfen.“

TikTok Diskussion 2

User #1 – @burnthemdown345:

„Diese Monster haben Jessica getötet! Sie sollten lebenslang ins Gefängnis oder noch schlimmer! #gerechtigkeitfürjessica"

User #2 – @outrageousopinions101:

„Was ist hier eigentlich los mit euch???? Anstatt auf das eigentliche Problem zu schauen, redet ihr nur über Strafen! Alle Mobber sollten aus der Schule geworfen und verbannt werden! #stopmobbing #härterbestrafen"

User #3 – @angrymomma44:

„Wütend! Wie können wir zulassen, dass unsere Kinder zu Mördern werden? Wir sollten sie an den Pranger stellen und öffentlich bestrafen! So lernt jeder, dass Mobbing inakzeptabel ist! #schlussmitmobbing"

User #4 – @shoutingforjustice77:

„Ihr seid alle verrückt! Wir sollten die Eltern der Mobber in die Verantwortung ziehen! Sie sind schuld! Alle Eltern, die Mobber großziehen, sollten bestraft werden! Lasst uns alle Mobber markieren und brandmarken, damit jeder weiß, wer sie sind! Das ist die einzige Lösung! #brandmarken #mobbingstoppen“

Oma Katrin

Die Beerdigung meiner Enkelin Jessica war eine der schwersten und traurigsten Erfahrungen meines Lebens. Es fühlt sich so ungerecht an, dass sie in so jungen Jahren aus dem Leben gerissen wurde. Ich konnte nicht aufhören zu weinen und fühlte mich so hilflos und traurig. Ich bin unglaublich wütend auf diejenigen, die für Jessicas Tod verantwortlich waren. Wie konnten die so grausam und gemein sein? Warum haben sie meiner Enkelin das Leben genommen und der Familie so viel Schmerz und Trauer bereitet? Aber trotz all der Trauer und Wut gab es auch Momente der Hoffnung und des Zusammenhalts.

Ich habe gesehen, wie Menschen zusammenkamen, um Jessicas Leben zu feiern und ihr letzte Ehre zu erweisen. Ich habe die Geschichten und Erinnerungen derjenigen gehört, die sie kannten und liebten, und ich wusste, dass sie niemals vergessen wird. Ich habe Mitleid mit den Eltern der Täterinnen. Mit diesen Mörderinnen selbst aber nicht. Keinen Moment.

Die Politiker müssen sich jetzt darum kümmern, dass das Gesetz so angepasst wird, dass auch Minderjährige bestraft werden können. Das bringt unsere Jessica nicht ins Leben zurück. Das verhindert aber vielleicht ähnliche Fälle in der Zukunft. Wo soll das alles noch hinführen? Ich weiß es nicht. Jessica ist und bleibt tot.

Jugendrichter Müller

Dieser Fall ist äußerst tragisch und erschütternd. Als Jugendrichter ist es meine Aufgabe, das Wohl der Jugendlichen zu berücksichtigen und ihnen eine Chance auf Rehabilitation zu geben. Trotz der Schwere der Tat sind Emilia und Calantha noch sehr jung und noch nicht strafmündig. Dennoch können und dürfen wir ihre Taten nicht ignorieren.

Es ist wichtig, dass die beiden Mädchen die Schwere ihrer Tat erkennen und sich ihrer Verantwortung stellen. In einem solchen Fall wäre eine geschlossene Unterbringung in einer therapeutischen Einrichtung für jugendliche Straftäter angemessen, um ihnen die notwendige Hilfe und Unterstützung zu bieten, die sie benötigen, um ihre Handlungen zu reflektieren und ihre Zukunft neu auszurichten. Das Ziel dieser Unterbringung wäre es, den beiden Mädchen eine Chance zu geben, ihre Taten aufzuarbeiten, ihre Handlungsweisen zu hinterfragen und ihnen Werkzeuge an die Hand zu geben, um in Zukunft solche tragischen Ereignisse zu vermeiden. Diese

Maßnahmen sollen den Jugendlichen helfen, ihre Fehler zu erkennen und eine Chance auf Rehabilitation und Wiedereingliederung in die Gesellschaft zu ermöglichen.

Auch, wenn es für die Angehörigen von Jessica und die Öffentlichkeit schwer zu akzeptieren sein mag, dass die beiden Täterinnen nicht mit einer Haftstrafe belegt werden können, ist es wichtig, zu betonen,

dass das Hauptziel der Jugendstrafjustiz die Resozialisierung, also die Wiedereingliederung in das tägliche Leben – und nicht die Bestrafung ist. Wir müssen darauf vertrauen, dass die Fachleute in den therapeutischen Einrichtungen die notwendige Arbeit leisten, um Emilia und Calantha auf den richtigen Weg zu bringen und ihre Handlungen aufzuarbeiten.

Es ist auch wichtig, dass wir alle als Gesellschaft über dieses tragische Ereignis sprechen und uns auf die Prävention von Mobbing und Gewalt unter Jugendlichen konzentrieren. Wir müssen uns bemühen, ein Umfeld zu schaffen, in dem junge Menschen lernen, Konflikte auf friedliche, gewaltfreie Weise zu lösen und empathisch miteinander umzugehen. Nur so können wir es schaffen, solche schrecklichen Vorfälle in der Zukunft vermeiden.

In diesem Fall müssen wir auch die Rolle der sozialen Medien und die Auswirkungen von Mobbing auf die psychische Gesundheit von Jugendlichen untersuchen.

Es ist wichtig, dass sowohl Schulen als auch Eltern gemeinsam daran arbeiten, Kinder und Jugendliche über die Gefahren von Mobbing und Cybermobbing aufzuklären und ihnen beizubringen, wie sie sich davor schützen können.

Letztlich liegt die Verantwortung für die Sicherheit und das Wohlergehen unserer Jugendlichen bei uns allen. Wir müssen sicherstellen, dass sie die Unterstützung und Bildung erhalten, die sie benötigen, um in einer Welt aufzuwachsen, in der sie sich sicher fühlen, in der sie sich zurechtfinden, ihren Platz haben und in der sie ihre Probleme auf eine gewaltfreie und konstruktive Weise lösen können.

Dr. Thomas Maler

Bei einer Veranstaltung in der Schule vor Schülern der 5. - 8. Klassen:

Hallo, ich bin Psychologe und Experte für das Thema Mobbing an Schulen, und ich möchte euch erklären, wie man Mobbing beenden kann.

Wenn jemand gemobbt wird, ist es wichtig, dass wir alle zusammenhalten und dem, der gemobbt wird, helfen. Wir sollten niemanden ausgrenzen oder schlecht behandeln, weil das sehr verletzend sein kann.

Eine Möglichkeit, Mobbing zu beenden, ist der ‚No-Blame Approach' (Annäherung ohne Schuldzuweisung) Dabei geht es darum, dass alle Beteiligten gemeinsam eine Lösung finden und den Menschen, der gemobbt wird, unterstützen. Das bedeutet, dass wir nicht über Bestrafung reden, sondern besonders darüber, wie wir helfen können.

Es ist besonders wichtig, dass wir frühzeitig auf Anzeichen von Mobbing achten und miteinander sprechen. Wenn wir sehen, dass jemand gemobbt wird, können wir ihm helfen und ihm unsere Unterstützung geben. Gleichzeitig sollten wir aber auch die Täterinnen und Täter verstehen und ihnen helfen, ihr Verhalten zu ändern.

Was kann man tun?

Wenn wir sehen, dass jemand in unserer Schule, unserer Klasse oder unserem Freundeskreis gemobbtwird, dürfen wir nicht einfach wegsehen oder uns raushalten. Wir sollten uns vielmehr dafür einsetzen, dass diese Person unsere Unterstützung erhält. Das kann bedeuten, dass wir uns mit dem Gemobbten unterhalten, ihm zuhören und ihm sagen, dass wir für ihn da sind. Es kann aber auch bedeuten, dass wir gemeinsam mit den anderen aus der Klasse Oder dem Kurs eine Lösung suchen, um das Mobbing zu beenden.

Gleichzeitig ist es wichtig, dass wir auch die Täterinnen verstehen und ihnen helfen, ihr Verhalten zu ändern. Oftmals haben auch sie Probleme oder Schwierigkeiten, die sie dazu bringen, andere zu mobben. Vielleicht haben sie selbst ein geringes Selbstwertgefühl, oder sie haben familiäre Probleme oder andere Schwierigkeiten, die sie nicht bewältigen können. Indem wir auch ihnen Hilfe und Unterstützung anbieten, können wir dazu beitragen, dass sie ihr Verhalten ändern und keine weiteren Opfer schaffen. Letztlich geht es darum, dass wir uns alle gemeinsam für ein gewaltfreies und respektvolles Miteinander einsetzen und uns dafür einsetzen, dass Mobbing nicht toleriert wird.

Jeder kann einen Beitrag leisten, indem er sich für andere einsetzt, Unterstützung anbietet und sich aktiv für eine bessere Welt einsetzt.

Es gibt auch viele Organisationen und Beratungsstellen, die bei Mobbingproblemen helfen können. Wir können uns darüber informieren und sie nutzen, um anderen zu helfen.

Wir alle können gemeinsam etwas tun, um Mobbing zu beenden und eine bessere Welt für uns alle zu schaffen.“

Der Fall Jessica P.

Sechs Monate sind seit dem tragischen Mord an der 12-jährigen Jessica, der als „TikTok-Tod" in die Schlagzeilen geriet, vergangen. Heute möchten wir die Fakten rund um diesen Fall noch einmal zusammenfassen.

Jessica war ein junges Mädchen, das in der Schule gemobbt wurde. Sie hatte ein TikTok-Tanzvideo veröffentlicht, woraufhin ihre Mitschüler sie noch intensiver schikanierten und verspotteten. Die Situation eskalierte, als einige ihrer Freundinnen sich gegen sie wandten und sie letztlich ermordeten.

Die Ermittlungen im Fall Jessica führten zur Festnahme der an der Tat beteiligten Kinder.

Die Zeugenvernehmnung brachte Details über das Mobbing und die schockierende Gewalt, die zum Tod von Jessica führte, ans Licht. Da die Täterinnen noch nicht strafmündig waren, konnte das Jugendstrafrecht jedoch nicht angewendet werden, und die Täterinnen wurden nicht verurteilt. Sie leben jetzt unter anderem Namen in einem anderen Bundesland mit ihren Eltern.

FORDERUNGEN

In der Folge des Falls wurden Stimmen laut, die eine Änderung des Strafgesetzes fordern, um Fälle wie diesen in Zukunft besser ahnden zu können. Es wurde diskutiert, ob das Mindestalter für Strafmündigkeit herabgesetzt werden sollte oder ob alternative Maßnahmen für jugendliche Täter eingeführt werden müssen, um sie angemessen zur Verantwortung zu ziehen und ihnen pädagogische Hilfestellungen anzubieten. Diese Diskussionen haben zu einer intensiven öffentlichen Debatte über die Strafmündigkeit von Kindern und die Rolle des Jugendstrafrechts geführt. Kritiker der aktuellen Regelungen argumentieren, dass die heutige Gesetzgebung nicht ausreicht, um auf die wachsende Komplexität von Gewalt und Mobbing unter jungen Menschen angemessen zu reagieren.

Befürworter der bestehenden Gesetze betonen hingegen, dass eine Herabsetzung des Mindestalters für Strafmündigkeit oder härtere Strafen möglicherweise nicht die gewünschten Ergebnisse bringen und stattdessen negative Auswirkungen auf die Entwicklung der betroffenen Kinder haben könnten.

ENTWICKLUNGEN

In den Monaten seit Jessicas Tod haben sich verschiedene Organisationen und Experten eingeschaltet, um Lösungsansätze zur Prävention von Mobbing und Gewalt unter Kindern und Jugendlichen zu erarbeiten. Schulen, Eltern und die Gesellschaft insgesamt sind aufgerufen, sich stärker für die Prävention von Mobbing einzusetzen und ein gesundes Umfeld für alle Kinder zu schaffen, in dem sie sich sicher und respektiert fühlen.

MASSNAHMEN

Einige der vorgeschlagenen Maßnahmen beinhalten die Implementierung von Anti-Mobbing-Programmen in Schulen, die Förderung von Empathie und sozialen Fähigkeiten bei Kindern und Jugendlichen sowie die Sensibilisierung von Eltern und Lehrkräften für Anzeichen von Mobbing und Gewalt. Darüber hinaus wird empfohlen, dass Schulen und andere Institutionen klare Richtlinien und Verfahren zur Meldung und Untersuchung von Mobbing-Vorfällen entwickeln.

SOZIALE MEDIEN

Der Fall Jessica hat auch die Rolle sozialer Medien und deren Einfluss auf das Leben junger Menschen in den Fokus gerückt. Es gibt Forderungen nach strengeren Vorschriften und Kontrollmechanismen für soziale Medien, um Kinder und Jugendliche besser vor Online-Mobbing und negativen Interaktionen zu schützen.

DIE FOLGEN

Insgesamt hat der Fall Jessica eine weitreichende Debatte über das Zusammenspiel von Strafmündigkeit, Jugendstrafrecht, Mobbing und sozialen Medien angestoßen. Während die Gesellschaft nach Lösungen sucht, um solche tragischen Ereignisse zu verhindern und die Sicherheit und das Wohlergehen von Kindern und Jugendlichen zu gewährleisten, bleibt Jessicas Schicksal eine Mahnung an die Verantwortung, die jeder Einzelne trägt, um ein respektvolles und unterstützendes Umfeld für alle zu schaffen, in dem sich jeder ohne Angst bewegen kann.

(SR)

In liebevoller Erinnerung

Jessica

2.April
2013

11. März
2025

Wir werden dich für immer vermissen

Mama, Papa,
Jana und Oma

Anhang

Was ist Mobbing?
In Abgrenzung zum Ärgern, Necken, Spaß machen

Mobbing ist eine Form von psychischer Gewalt, die über einen längeren Zeitraum andauert und sich in wiederholten und systematischen Angriffen gegen eine Person äußert. Das Opfer wird dabei absichtlich und gezielt von einer oder mehreren Personen schikaniert, ausgegrenzt, beleidigt oder bedroht.

Die Auswirkungen von Mobbing auf das Opfer können schwerwiegend sein und umfassen psychische und physische Symptome wie Angstzustände, Depressionen, Schlafstörungen, Kopfschmerzen und Bauchschmerzen. Mobbing kann auch langfristige Auswirkungen auf das Selbstwertgefühl, die sozialen Beziehungen und die berufliche Karriere haben. Es ist wichtig zu betonen, dass Mobbing ein gesellschaftliches Problem darstellt und in allen Bereichen des Lebens vorkommen kann, nicht nur in der Schule oder am Arbeitsplatz. Es ist daher von großer Bedeutung, dass jeder Einzelne Verantwortung übernimmt und aktiv gegen Mobbing vorgeht, indem er/sie Opfern Unterstützung bietet, Täter zur Rechenschaft zieht und eine Kultur des Respekts und der Toleranz fördert. Eine mögliche Metapher für Mobbing wäre ein Rudel Wölfe, das ein einzelnes Tier angreift und systematisch verletzt oder tötet. Die Wölfe sind stark und mächtig, während das andere Tier allein und schutzlos ist. Ähnlich wie bei Mobbing gibt es hier eine klare Hierarchie und Machtverteilung, bei der das Opfer unterlegen ist und von den Angreifern gezielt ausgewählt wird. Die Wölfe nutzen ihre Stärke und Gruppendynamik, um das Opfer zu jagen und zu quälen, und können es auf lange Sicht schwer traumatisieren.

Eine weitere mögliche Metapher für Mobbing wäre ein Pflaster, das immer wieder von einer Wunde gerissen wird, bevor diese heilen kann. Jedes Mal, wenn das Pflaster entfernt wird, blutet die Wunde erneut und der Heilungsprozess muss von vorne beginnen. Diese Metaphern können helfen, das Ausmaß und die Ernsthaftigkeit von Mobbing zu verdeutlichen und zu zeigen, wie wichtig es ist, gemeinsam gegen diese Form von Gewalt vorzugehen und ein solidarisches Miteinander zu fördern.

Verschiedene Arten von Mobbing

Verbales Mobbing: Hierbei wird das Opfer verbal angegriffen, zum Beispiel durch Beschimpfungen, Beleidigungen oder abwertende Kommentare.

Soziales Mobbing: Das Opfer wird hierbei von der Gruppe ausgegrenzt oder isoliert, zum Beispiel durch Ignorieren oder Verbreiten von Gerüchten.

Körperliches Mobbing: Das Opfer wird hierbei körperlich angegriffen, zum Beispiel durch Schlagen, Treten oder Spucken.

Psychisches Mobbing: Das Opfer wird hierbei systematisch psychisch belastet, zum Beispiel durch ständige Kritik, übermäßige Kontrolle oder Manipulation.

Cyber-Mobbing: Diese Form von Mobbing findet über das Internet oder soziale Netzwerke statt und kann alle anderen Formen von Mobbing beinhalten.

Sexuelles Mobbing: Hierbei wird das Opfer aufgrund seines Geschlechts sexuell belästigt oder diskriminiert, zum Beispiel durch anzügliche Bemerkungen oder unerwünschte Berührungen.

Es ist wichtig zu betonen, dass diese Arten von Mobbing nicht immer klar voneinander abgegrenzt sind.

Was tun bei Mobbing?

Falls jemand gemobbt wird, ist es wichtig, dass die betroffene Person Unterstützung bekommt.

Handeln bei Mobbing für Mitschüler

Hier sind einige kindgerechte Handlungsalternativen, wie Mitschülerinnen und Mitschüler der betroffenen Person helfen können.

Zeige Empathie (Mitgefühl): Höre der betroffenen Person zu und zeige Verständnis für ihre Gefühle. Sage, dass du verstehst, wie schwer diese Situation für sie ist und dass du bereit bist, zu helfen.

Sprich mit einem Erwachsenen: Wenn das Mobbing nicht aufhört, ist es wichtig, dass du einen Erwachsenen informierst, zum Beispiel einen Lehrer, Eltern oder einen Schulpsychologen. Diese können weitere Schritte einleiten, um der betroffenen Person zu helfen.

Stehe der betroffenen Person bei: Wenn sie in der Nähe ist und gemobbt wird, sei für sie da! Du könntest eingreifen und ihr helfen, indem du einen Lehrer oder einer Aufsicht bescheid gibst. Zeige den Tätern, dass ihr Verhalten nicht in Ordnung ist.

Sei ein Freund: Biete der betroffenen Person an, Zeit mit ihr zu verbringen und ihr eine Unterstützung zu sein. So kann sie sich nicht nur in der Schule, sondern auch außerhalb der Schule sicher und geborgen fühlen.

Förderung einer positiven Atmosphäre: Versuche, eine positive Atmosphäre in der Klasse zu schaffen und die betroffene Person in Aktivitäten zu integrieren. Wenn sie sich in der Gruppe wohl fühlt, kann es einfacher sein, gegen Mobbing vorzugehen.

Handeln als Betroffener

Falls du gemobbt wirst, ist es wichtig, dass du nicht allein bleibst und dir Unterstützung suchst. Hier sind einige Dinge, die du tun kannst:

Sprich mit jemandem, dem du vertraust: Suche das Gespräch mit einer Vertrauensperson, wie einem Familienmitglied, Freund oder Lehrer. Teile deine Gefühle und Erfahrungen mit und bitte um Unterstützung.

Wehre dich nicht allein: Wenn du dich nicht allein wehren kannst, suche dir Unterstützung von anderen Mitschülerinnen und Mitschülern. Gemeinsam könnt ihr gegen das Mobbing vorgehen. Ignoriere die Täter nicht:

Zeige den Tätern, dass ihr Verhalten nicht akzeptabel ist und dass es Konsequenzen hat. Sprich mir deinem Lehrer oder deiner Lehrerin. Ignoriere die Täter nicht, sondern halte Abstand und signalisiere ihnen, dass du dich nicht einschüchtern lässt. Suche Hilfe von außen: Wenn das Mobbing nicht aufhört, suche professionelle Hilfe von einem Schulpsychologen oder einer Beratungsstelle.

Vermeide es, dich zurückzuziehen: Es ist wichtig, dass du dich nicht von anderen isolierst, sondern weiterhin an Aktivitäten teilnimmst und Kontakte pflegst. Das kann dir helfen, dich besser zu fühlen und die Situation zu bewältigen.

Es ist wichtig zu betonen, dass Mobbing niemals die Schuld desjenigen ist, der gemobbt wird und dass es immer Möglichkeiten gibt, sich dagegen zu wehren.

Didaktische Handreichungen

Didaktische Handreichungen

Exemplarischer curricularer Lehrplan zum Thema Mobbing

Einführung in das Thema Mobbing

Definition von Mobbing. Unterschiede zwischen Mobbing und normalen Konflikten, Mobbing-Formen: physisch, verbal, sozial, Cybermobbing

Lernziel: Die Schülerinnen und Schüler sollen ein grundlegendes Verständnis von Mobbing und seinen verschiedenen Formen entwickeln.

Ursachen und Auswirkungen von Mobbing, Faktoren, die zum Mobbing beitragen, Auswirkungen von Mobbing auf Opfer, Täter und Zeugen, langfristige Folgen von Mobbing

Lernziel: Die Schülerinnen und Schüler sollen die Ursachen und Auswirkungen von Mobbing auf alle Beteiligten verstehen und erkennen, wie ernst Mobbing genommen werden muss.

Prävention und Intervention bei Mobbing, Rolle der Schule, Lehrkräfte und Eltern bei der Prävention und Intervention. Strategien zur Stärkung des Klassenklimas und der sozialen Kompetenz, Maßnahmen zur Unterstützung von Opfern und Tätern.

Lernziel: Die Schülerinnen und Schüler sollen Möglichkeiten zur Prävention und Intervention bei Mobbing kennenlernen und in der Lage sein, angemessen auf Mobbing-Situationen zu reagieren. Fallbeispiele und Reflexion

Analyse von Fallbeispielen, einschließlich des Buches TikTok-Tod

Reflexion über die eigene Rolle bei Mobbing-Situationen

Entwicklung von Empathie und Verständnis für Opfer und Täter

Lernziel: Die Schülerinnen und Schüler sollen durch die Analyse von Fallbeispielen und Reflexion ein tieferes Verständnis für das Thema Mobbing gewinnen und Empathie für alle Beteiligten entwickeln.

Projektarbeit und Präsentation

Gruppenarbeit: Entwicklung von Präventions – oder Interventionsprojekten

Präsentation der Projekte vor der Klasse Diskussion und Austausch von Ideen zur Bekämpfung von Mobbing

Lernziel: Die Schülerinnen und Schüler sollen in Gruppenarbeit eigene Ideen zur Prävention und Intervention bei Mobbing entwickeln und ihre Projekte präsentieren, um ihre Problemlösungsfähigkeiten und Teamarbeit zu fördern.

Dieser curriculare Lehrplan kann an die Bedürfnisse und den Lehrplan der Bundesländer angepasst werden, um sicherzustellen, dass das Thema Mobbing angemessen und effektiv in Schulen behandelt wird.

Differenzierter Wochenplan für eine Lesewoche

* einfach

Lies das erste Kapitel über Jessica.

Schreibe eine Zusammenfassung der Geschichte von Jessica in eigenen Worten.

Schreibe einen Brief an Jana, Jessicas Schwester, in dem du ihr dein Beileid ausdrückst.

Schaue dir die gemeinen TikTok-Kommentare in dem Buch an und schreibe einen kurzen Text darüber, wie du dich fühlst, wenn du so etwas liest.

Schreibe einen Tagebucheintrag aus der Sicht von Jessica, in dem sie dem Tagebuch anvertraut, wie sie sich fühlt, nachdem sie von ihren Mitschülern ausgelacht wird. Beschreibe ihre Gedanken, ihre Hoffnungen, ihre Wünsche und ihre Sorgen.

** mittel

Lies das Kapitel über Jessica und ihre Familie sowie das Kapitel über das Mobbing. Schreibe eine Charakterisierung von Jessica

Schreibe einen Brief an Jessicas Eltern, in dem du deine Gedanken und Gefühle zum Ausdruck bringst.

Analysiere die TikTok-Kommentare und schreibe einen Text darüber, warum manche Menschen andere mobben.

Finde heraus, was der No Blame Approach ist und schreibe einen Text darüber, wie man damit Mobbing beenden kann.

Wahlaufgaben:

Erfinde einen hilfreichen Freund, oder eine hilfreiche Freundin für Jessica, Beschreibe, ob und wie sich die Situation vielleicht verändert hätte.

Bereite ein Interview in deinem Bekanntenkreis zum Thema Mobbing vor und sprich mit verschiedenen Altersklassen über dieses Thema. Schreibe das Interview und stelle es der Lerngruppe vor.

*** anspruchsvoll

Lies das gesamte Buch über den Mord an Jessica. Schreibe eine Analyse über die Rolle von TikTok in der Geschichte.

Schreibe eine Charakterisierung von Jessica.

Analysiere die Motive der beiden Täterinnen und schreibe einen Text darüber, warum sie Jessica gemobbt haben könnten.

Recherchiere und schreibe einen Essay darüber, wie man in Schulen Mobbing verhindern kann und welche Maßnahmen dazu notwendig sind

Wahlaufgaben:

Schreibe ein alternatives Ende zu der Geschichte Schreibe einen kritischen Zeitungsartikel für die Schülerzeitung

Produziere ein Hörspiel zu dem Buch.

Hinweis: Diese Aufgaben können angepasst werden, je nachdem welche Kapitel oder Aspekte des Buches im Unterricht behandelt werden sollen.

Zusätzliche kreative Aufgaben für den Wochenplan

Gestalte ein Poster oder eine Collage, auf der du das Leben von Jessica darstellst. Verwende Bilder und Texte aus dem Buch und recherchiere auch im Internet, um weitere Informationen über sie zu finden.

Schreibe eine alternative Endung für die Geschichte, in der Jessica nicht ermordet wird. Was würde passieren, wenn sie Hilfe bekommen hätte und das Mobbing gestoppt worden wäre? Schreibe deine Geschichte auf und gestalte ein passendes Titelbild dazu.

Erstelle eine TikTok-Parodie, in der du auf humorvolle Art und Weise das Thema Mobbing ansprichst. Verwende dabei die Hashtags #nohate und #stopmobbing, um deine Botschaft zu verbreiten. Du kannst dabei auch die Tipps des No Blame Approachs einfließen lassen.

Hinweis: Diese Aufgaben können auch angepasst werden, je nachdem welche Kapitel oder Aspekte des Buches im Unterricht behandelt werden sollen.

Gestalterische Aufgaben für den Unterricht

Erstelle ein Wandbild oder eine Skulptur zum Thema

„Gemeinschaft gegen Mobbing". Verwende dabei unterschiedliche Materialien, wie z.B. Papier, Farben, Ton oder Holz. Das Kunstwerk soll verdeutlichen, dass wir als Gemeinschaft zusammenstehen und Mobbing keine Chance haben sollte.

Gestalte ein Plakat oder eine Collage, auf der du verschiedene Formen von Mobbing darstellst.

Verwende dabei Bilder und Texte aus dem Buch und recherchiere auch im Internet, um weitere Informationen und Beispiele zu finden. Das Plakat soll darauf aufmerksam machen, wie Mobbing Menschen verletzt und wie wichtig es ist, gemeinsam dagegen anzugehen.

Entwirf ein Logo oder ein Symbol für eine Anti-Mobbing-Kampagne. Verwende dabei verschiedene Formen und Farben, um ein Logo zu gestalten, das die Botschaft

„Stoppt Mobbing“ oder „Gemeinsam gegen Mobbing“ vermittelt. Überlege auch, wie das Logo oder Symbol auf Plakaten, Flyern oder anderen Werbemitteln eingesetzt werden kann, um eine breite Öffentlichkeit zu erreichen.

Hinweis: Diese Aufgaben können auch angepasst werden, je nachdem welche Kapitel oder Aspekte des Buches im Unterricht behandelt werden sollen.

Exemplarische Beispiele für eine Projektwoche

A) Projektwoche Klasse 6/7/8

Tag 1:

Einführung und Rollenspiele Einführung in das Thema Mobbing

Rollenspiele, um verschiedene Mobbing-Szenarien darzustellen und zu erkennen

Reflexion und Diskussion der Rollenspiele

Tag 2:

Plakate und Informationsmaterialien Gruppenarbeit zur Erstellung von Plakaten und Informationsmaterialien über Mobbing, seine Ursachen und Folgen

Austausch und Diskussion über die erstellten Materialien

Tag 3:

Präventions – und Interventionsstrategien Brainstorming und Gruppenarbeit zur Entwicklung von Strategien zur Prävention und Intervention von Mobbing.

Erstellung eines Aktionsplans für die Schule. en und sozialen Engagement-Projekte Diskussion und Reflexion über die Projektwoche Tag 4:

Kreativer Ausdruck

Schreiben von Gedichten, Geschichten oder Erstellung von Kunstwerken, die sich mit dem Thema Mobbing auseinandersetzen

Vorbereitung der Präsentationen für den Präsentationstag

Tag 5:

Präsentationstag

Vorstellung der Ergebnisse der Gruppenarbeit, Aktionspläne, Plakate und kreativen Arbeiten Diskussion und Reflexion über die Projektwoche

Exemplarische Beispiele für eine Projektwoche

A) Projektwoche für eine 9/10. Klasse

Tag 1:

Einführung und Fallstudien, Einführung in das Thema Mobbing

Analyse von Fallstudien, einschließlich des Buches über den Mord an Jessica

Gruppendiskussionen und Reflexionen zu den Fallstudien

Tag 2:

Forschung und Präsentation

Gruppenarbeit zur Recherche und Präsentation von Informationen über Mobbing, seine Ursachen und Folgen, sowie Präventions – und Interventionsstrategien

Präsentation der Forschungsergebnisse vor der Klasse

Tag 3:

Peer-Mediation und Konfliktlösung

Einführung in die Techniken der Peer-Mediation und Konfliktlösung

Rollenspiele zur Anwendung der erlernten Techniken in Mobbing-Situationen

Reflexion und Diskussion der Rollenspiele Tag 4: Kreativer Ausdruck

Schreiben von Gedichten, Geschichten oder Erstellung von Kunstwerken, die sich mit dem Thema Mobbing auseinandersetzen

Vorbereitung der Präsentationen für den Präsentationstag

Tag 5:

Präsentationstag

Vorstellung der Ergebnisse der Gruppenarbeit, Aktionspläne, Plakate und kreativen Arbeiten Diskussion und Reflexion über die Projektwoche Projektwoche – Fächerübergreifend

Fächerübergreifender Plan für eine Projektwoche zum Thema Mobbing mit dem Buch „TikTok-Tod“

MONTAG:

Deutsch: Einführung in das Thema Mobbing anhand des Buches „TikTok-Tod“. Besprechung der Inhalte und Diskussion der Bedeutung von Mobbing. Kunst: Gestaltung von Anti-Mobbing-Plakaten und Logos.

DIENSTAG

Sport: Durchführung von Übungen zur Stärkung des Selbstbewusstseins und der Teamfähigkeit.

Ethik/Religion: Diskussion über die ethischen und moralischen Aspekte des Mobbings und wie sie sich mit den eigenen Werten und Überzeugungen vereinbaren lassen.

MITTWOCH

Deutsch: Gruppenarbeit zur Analyse der Charaktere im Buch „TikTok-Tod". Vergleich der verschiedenen Perspektiven und Meinungen.

Gesellschaftswissenschaften: Präsentation von Forschungsergebnissen zum Thema Mobbing und dessen Auswirkungen auf die Gesellschaft.

DONNERSTAG

Englisch: Lesung eines englischsprachigen Buches zum Thema Mobbing und Diskussion der Unterschiede zwischen englischen und deutschen Schulsystemen. Geschichte: Untersuchung der historischen Hintergründe des Mobbings und seiner Rolle in der Vergangenheit.

FREITAG

Deutsch: Präsentation der Gruppenarbeiten und Diskussion über mögliche Lösungsansätze im Umgang mit Mobbing. Musik: Komposition eines Anti-Mobbing-Songs und Aufführung vor der gesamten Schule.

Die Projektwoche kann auch mit einer Anti-Mobbing-Kampagne abgeschlossen werden, bei der die Schülerinnen und Schüler ihre Plakate und Logos öffentlich präsentieren und Vorschläge zur Verbesserung des Schulalltags vorstellen können.

Videoproduktion

Hier ist eine Aufgabenstellung, bei der die Schülerinnen und Schüler einen Videoclip zu dem Buch "TikTok-Tod" erstellen:

Aufgabe: Erstelle einen Videoclip zum Thema Mobbing und Gewaltprävention basierend auf dem Buch „TikTok-Tod".

Schritte:

Lies das Buch „TikTok-Tod" und mache dir Notizen zu den wichtigsten Ereignissen und Themen.

Wähle einen Aspekt des Buches aus, der dich besonders berührt hat und über den du mehr erfahren möchtest.

Recherchiere zum Thema Mobbing und Gewaltprävention und notiere dir wichtige Fakten und Informationen.

Schreibe ein Skript für deinen Videoclip, in dem du deine Forschungsergebnisse und deine eigenen Gedanken und Empfindungen einbeziehst.

Drehe deinen Videoclip mit einem Smartphone, einer Kamera oder einem Tablet. Denke dabei an eine klare und verständliche Sprache, gute Beleuchtung und einen angenehmen Ton.

Bearbeite deinen Videoclip mit einem einfachen Schnittprogramm und füge Musik oder Bilder hinzu, um deine Aussagen zu unterstreichen.

Teile deinen Videoclip mit deiner Klasse und präsentiere ihn vor der gesamten Schule.

Bewertungskriterien:

Inhaltliche Korrektheit und Richtigkeit der Informationen

Klarheit und Verständlichkeit der Aussagen Originalität und Kreativität des Videoclips Technische Qualität der Aufnahme und Bearbeitung

Hinweis: Die Schülerinnen und Schüler können in Gruppen arbeiten, um den Videoclip zu erstellen. Die Lehrkraft kann auch weitere Anforderungen hinzufügen, wie beispielsweise eine Mindestlänge des Clips oder bestimmte Themen, die im Video angesprochen werden müssen.

Genderaspekte

Das Buch kann zur Untersuchung von Genderaspekten genutzt werden. Hier sind einige paraphrasierende Aufgabenstellungen:

Überlege, wie das Buch aus der Perspektive einer anderen männlichen Hauptfigur aussehen würde.

Schreibe einen kurzen Aufsatz oder eine Zusammenfassung, in der du diese Perspektive skizzierst und erklärst, wie sie sich von der Geschichte im Buch unterscheidet.

Analysiere die Art und Weise, wie männliche und weibliche Charaktere im Buch dargestellt werden. Bemerke Unterschiede und Ähnlichkeiten in Bezug auf ihr Verhalten, ihre Beziehungen und ihre Persönlichkeiten. Reflektiere auch darüber, wie sich diese Unterschiede auf das Thema Mobbing auswirken.

Untersuche die Geschlechterdynamik im Buch. Wie beeinflussen Geschlechterrollen und – stereotype die Handlung? Wie tragen sie zum Verständnis des Themas Mobbing bei? Führe eine Gruppendiskussion oder schreibe einen Essay darüber.

Erstelle eine visuelle Darstellung des Buches, welche die verschiedenen Gender-Aspekte hervorhebt. Nutze eine Collage, ein Poster oder eine Grafik und visualisiere, wie unterschiedliche Charaktere im Buch mit Genderthemen umgehen. Füge auch kurze Textausschnitte hinzu, um deine Darstellung zu unterstützen.

Verfasse eine fiktive Fortsetzung des Buches aus einer anderen Genderperspektive. Wie würde die Geschichte weitergehen, wenn ein männlicher Charakter die Hauptrolle spielen würde? Schreibe eine Zusammenfassung oder ein Kapitel, das die neue Perspektive auf die Handlung zeigt.

Musical/ Theater AG

Erstelle ein Musical/ Theaterstück basierend auf dem Buch über Mobbing. Arbeite in einer Gruppe von Schauspielern, Tänzern und Musikern zusammen und kreiere eine Geschichte, die das Thema Mobbing aufgreift und in eine kreative Performance umsetzt.

Brainstorming:

Sammelt Ideen für Handlung, Charaktere, Musikstile und Choreografien. Überlegt euch auch, wie ihr das Thema Mobbing kreativ umsetzen könnt.

Entwicklung der Handlung: Schreibt ein Drehbuch für das Musical und entwickelt die Charaktere. Überlegt euch auch, welche musikalischen Nummern in das Stück eingebaut werden sollen.

Proben: Probt die Szenen und Choreografien und übt die musikalischen Nummern ein. Feilt an eurer Darstellung und arbeitet an der Performance.

Bühnenbild und Kostüme: Gestaltet das Bühnenbild und die Kostüme für die Aufführung

Aufführung: Führt das Musical in der Schule oder vor Publikum auf und präsentiert eure kreative Umsetzung des Themas Mobbing.

Reflexion: Reflektiert nach der Aufführung eure Arbeit und denkt darüber nach, wie ihr das Thema Mobbing auf eine kreative Art und Weise in eure Performance eingebaut habt. Was hat gut funktioniert und was könnte verbessert werden?

Literaturauswahl

- „Mobbing – Wenn die Schule zum Albtraum wird“ von Heidi Kastner

- „Mobbing in der Schule: Wie man damit umgeht. Strategien für Schüler, Eltern und Lehrer“ von Peter Schreiner

- „Gemeinsam gegen Mobbing in der Schule: Wie Sie Ihr Kind unterstützen und schützen können“ von Petra Fuchs

- „Das Mobbing-Präventions-Programm: Wie Sie Mobbing in der Schule erkennen und verhindern können“ von Simone Röhrl

- „Bündnis gegen Cybermobbing“: Eine Initiative von Eltern, Lehrern und Schülern, die sich gegen Cybermobbing einsetzt. Sie bietet viele hilfreiche Informationen und Tipps: https://www.buendnis-gegen-cybermobbing.de/

•„Schüler gegen Mobbing e.V.“: Eine Organisation, die von Schülern gegründet wurde und sich für ein gewaltfreies und respektvolles Miteinander an Schulen einsetzt. Sie bietet auch Workshops und Schulungen an: https://www.schueler-gegen- mobbing.de/

•„klicksafe“: Eine EU-Initiative, die sich für die Förderung der Medienkompetenz einsetzt und viele Tipps und Informationen zum Thema Cybermobbing bietet: https://www.klicksafe.de/themen/ cybermobbing/

• No blame approach: Mobbing-Intervention in der Schule; Beck, Blum. Praxishandbuch / ISBN:9783000277559

Der No Blame Approach – auch als „Nicht-Verurteilungs-Ansatz“ bekannt ist eine Methode zur Bewältigung von Mobbing in Schulen oder anderen sozialen Umgebungen. Es geht darum, das Mobbingverhalten ohne Schuldzuweisungen und Bestrafung anzusprechen und stattdessen gemeinsam mit allen Beteiligten an einer Lösung zu arbeiten. Die Methode beinhaltet fünf Schritte:

• Gespräch mit der Person, die gemobbt wird: Hier wird in einem vertraulichen Gespräch nach den Details des Mobbings gefragt.

• Gespräch mit den Mitschülern: Die Täter werden ohne Anklage oder Schuldzuweisung nach ihrer Sichtweise der Situation befragt.

- Gruppengespräch: Alle Beteiligten (Opfer und Täter) kommen zusammen, um gemeinsam eine Lösung zu finden.

- Lösungsfindung: In diesem Schritt wird eine Lösung entwickelt, die von allen Beteiligten getragen wird.

- Follow-up: Die Beteiligten werden in regelmäßigen Abständen überprüft, um sicherzustellen, dass die Lösung erfolgreich umgesetzt wird und das Mobbing nicht fortgesetzt wird.

Die Methode soll helfen, die Kommunikation zwischen den Beteiligten zu verbessern und langfristige Lösungen zu finden, anstatt nur kurzfristige Symptome zu behandeln.

Mobbing in der Schule auflösen

Der No Blame Approach (Animation) https://www.youtube.com/watch?v=rOi0H_cJM3Y Aufgerufen am 30.04.2023

Telefonnummern

Hier sind einige Telefonnummern in Deutschland, die bei Mobbing helfen können:

- Nummer gegen Kummer: 0800 111 0333 (für Kinder und Jugendliche)

- Telefonseelsorge: 0800 111 0 111 oder 0800 111 0 222 (rund um die Uhr erreichbar)

- Mobbing-Telefon: 0800 723 6910 (Beratung und Hilfe bei Mobbing am Arbeitsplatz oder in der Schule)

- Hilfetelefon Gewalt gegen Frauen: 08000 116 016 (rund um die Uhr erreichbar)

Es gibt auch weitere regionale oder lokale Telefonnummern, die bei Mobbing helfen können. Es kann hilfreich sein, sich an Beratungsstellen oder Jugendzentren in der eigenen Stadt oder Gemeinde zu wenden, um weitere Informationen zu erhalten.

Filmografie

Die meisten der folgenden Filme sind auf Deutsch verfügbar oder haben zumindest deutsche Untertitel:

- „Tote Mädchen lügen nicht“ (2017 – 2020)
- „Bully“ (2006)
- „Einfach zu haben“ (2010)
- „The Hate U Give“ (2018)
- „The Perks of Being a Wallflower“ (2012)
- „Cyberbully“ (2015)
- „Mean Girls“ (2004)
- „Freunde“ (2001)
- „Klassenfeind“ (1983)

- „Es ist schwer, ein Gott zu sein“ (2013)

Es gibt weitere Filme, die sich mit dem Thema Mobbing in der Schule befassen.

Lernmethoden

Die folgenden Lernmethoden können angewendet werden, um das Thema „Mobbing“ effektiv zu vermitteln und das Bewusstsein für diese wichtige Thematik zu schärfen:

Rollenspiele und Simulationen: Lassen Sie die Teilnehmer verschiedene Szenarien durchspielen, in denen Mobbing auftritt. So können sie lernen, wie sie in solchen Situationen angemessen reagieren und intervenieren können. Rollenspiele bieten auch die Möglichkeit, Empathie für die Betroffenen zu entwickeln und die Perspektive der Täter zu verstehen.

Gruppendiskussionen: Fördern Sie offene Diskussionen, bei denen die Teilnehmer ihre Erfahrungen, Gedanken und Gefühle zum Thema Mobbing teilen können. Dies kann dazu beitragen, ein unterstützendes Umfeld zu schaffen und Lösungsansätze zu erarbeiten.

Fallstudien: Präsentieren Sie realistische Beispiele für Mobbingfälle und lassen Sie die Teilnehmer diese analysieren. Dadurch können sie die verschiedenen Formen von Mobbing erkennen und mögliche Strategien zur Bekämpfung und Prävention erörtern.

Film – und Videoanalysen: Zeigen Sie kurze Filme oder Videos, die Mobbing zum Thema haben, und diskutieren Sie diese anschließend mit den Teilnehmern. Dies kann helfen, das Verständnis für die verschiedenen Aspekte von Mobbing zu vertiefen und die Teilnehmer dazu anregen, über ihre eigenen Erfahrungen nachzudenken.

Gastredner und Expertenvorträge: Laden Sie Experten aus den Bereichen Psychologie, Pädagogik oder Sozialarbeit ein, um über Mobbing und seine Folgen zu sprechen. Dies kann dazu beitragen, das Wissen und Verständnis der Teilnehmer zu erweitern und neue Perspektiven aufzuzeigen.

Selbstreflexion und Tagebuchführung: Ermutigen Sie die Teilnehmer, regelmäßig über ihre Erfahrungen und Gefühle im Zusammenhang mit Mobbing nachzudenken und diese in einem Tagebuch festzuhalten. Dies kann dazu beitragen, das Bewusstsein für die eigene Rolle im Umgang mit Mobbing zu schärfen und persönliche Fortschritte festzuhalten.

Präventions – und Interventionsworkshops: Bieten Sie Workshops an, die sich auf die Entwicklung von Präventions – und Interventionsstrategien gegen Mobbing konzentrieren. Hier können die Teilnehmer lernen, wie sie Mobbing erkennen und verhindern können, sowie Strategien zur Unterstützung von Betroffenen entwickeln.

Online-Ressourcen und Lernmodule: Nutzen Sie Online-Ressourcen wie Webinare, Videos, Artikel und interaktive Lernmodule.

Eine Gerichtsverhandlung

Leitfaden, um die Gerichtsverhandlung zum Thema Mobbing basierend auf dem Buch „TikTok-Tod“ mit Schülern als Rollenspiel zu inszenieren:

Vorbereitung

Lesen Sie das Buch gemeinsam mit den Schülern oder stellen Sie sicher, dass alle Schüler das Buch gelesen haben.

Diskutieren Sie über das Thema Mobbing, die Folgen und die gesellschaftliche Verantwortung.

Geben Sie den Schülern Informationen über das Rechtssystem und die Funktionsweise von Gerichtsverhandlungen

Rollenverteilung: Teilen Sie die Schüler in verschiedene Rollen auf, z.B. Ankläger, Verteidiger, Richter, Geschworene, Zeugen, Angeklagte, Opferfamilie und Medienvertreter.

Stellen Sie sicher, dass jeder Schüler seine Rolle und deren Bedeutung im Gerichtsverfahren versteht.

Szenarioentwicklung: Entwickeln Sie ein Szenario für die Gerichtsverhandlung, das die relevanten Ereignisse aus dem Buch aufgreift.

Erstellen Sie eine Liste von Beweisen, Zeugenaussagen und Argumenten für beide Seiten, die den Schülern als Inspiration für die Improvisation dienen können.

Geben Sie den Schülern grundlegende Anweisungen, was sie während der Verhandlung erreichen wollen, aber lassen Sie ihnen Freiraum, um ihre Dialoge und Handlungen selbst zu gestalten.

Durchführung der Improvisation: Richten Sie den Raum so ein, dass er einem Gerichtssaal ähnelt, z.B. Mit einem Richtertisch, einem Podium für Ankläger und Verteidiger, einem Zeugenstand und Sitzgelegenheiten für Geschworene und Zuschauer.

Lassen Sie die Schüler in ihre Rollen schlüpfen und die Verhandlung improvisieren, basierend auf den Informationen, die sie aus dem Buch und dem Szenario haben.

Der Lehrer oder ein Schüler, der die Rolle des Richters übernimmt, sollte die Verhandlung leiten und dafür sorgen, dass jeder die Möglichkeit hat, sich einzubringen.

Abstimmung und Diskussion: Nachdem die Verhandlung abgeschlossen ist, sollten alle Schüler, die nicht in der Rolle der Geschworenen sind, abstimmen, ob der Angeklagte schuldig oder nicht schuldig ist.*

Führen Sie anschließend eine Diskussion über das Ergebnis der Abstimmung, die verschiedenen Argumente, die während der Verhandlung vorgebracht wurden, und wie sich das Thema Mobbing im Buch und im realen Leben widerspiegelt. Ermutigen Sie die Schüler, ihre Meinungen und Gedanken offen auszutauschen.

Methode ein Meinungsbild erstellen: Ziehen Sie eine 6 – 10 Meter lange Linie mit Klebeband, Schnur usw. Bringen Sie an jedem Ende der Linie entgegengesetzte (thematische) Positionen an, z.B.: Schuldig / nicht schuldig Die Schüler werden entsprechend ihrer persönlichen Überzeugungen entlang der Linie platziert. Dies kann an beiden Enden der Linie sein, in der Mitte (neutrale Position) oder irgendwo dazwischen.

Die Lehrkraft leitet nun eine Diskussion ein.

Schüler mit ähnlichen Positionen teilen ihre Ideen mit und begründen ihre Entscheidungen. Die Schüler mit unterschiedlichen Positionen tauschen nun ihre Meinungen aus und begründen ihre Entscheidung erneut. Nach der Diskussion kann das Thema weiter vertieft werden, zum Beispiel durch eine Debatte.

Die Interaktion mit Schülerinnen und Schülern, die eine andere Meinung haben, trägt zur Stärkung der Reflexions – und Argumentationsfähigkeit bei.

Die räumliche Veranschaulichung verschiedener Standpunkte hilft, sich der eigenen und der fremden Position bewusst zu werden.

Leitfaden für eine Gruppendiskussion zum Thema Mobbing in Form einer Talkshow: Vorbereitung

Wählen Sie einen Moderator, der die Diskussion leitet und die Teilnehmer einlädt, ihre Meinungen und Erfahrungen zu teilen.

Informieren Sie die Schüler über das Thema Mobbing und die Ziele der Talkshow-Diskussion, wie z.B.: Das Fördern eines offenen Dialogs, das Schaffen eines unterstützenden Umfelds und das Erarbeiten von Lösungsansätzen.

Teilen Sie die Schüler in kleine Gruppen oder Paare auf, damit sie sich vor der Diskussion gegenseitig kennenlernen und Vertrauen aufbauen können.

Einführung

Der Moderator sollte die Talkshow beginnen, indem er das Thema Mobbing vorstellt und die Ziele der Diskussion erläutert.

Er/sie sollte die Regeln für die Diskussion festlegen, wie z.B. die Wahrung der Vertraulichkeit, Respekt gegenüber den Meinungen anderer, aktives Zuhören und die Bereitschaft, neue Perspektiven zu erkunden.

Diskussionsfragen: Der Moderator sollte offene Fragen stellen, um die Diskussion in Gang zu bringen. Beispiele für Diskussionsfrage sind:

Diskussionsfragen

Was sind eure Erfahrungen mit Mobbing, entweder als Opfer, Täter oder Beobachter?

Welche Auswirkungen hat Mobbing auf die Betroffenen und die Gemeinschaft?

Was sind mögliche Gründe, warum Menschen mobben?

Wie können wir Mobbing erkennen und darauf reagieren, wenn wir es in unserem Umfeld beobachten?

Was können Schulen, Eltern und Schüler tun, um Mobbing vorzubeugen und zu bekämpfen?

Welche Rolle spielen soziale Medien und Technologie beim Mobbing, und wie können wir sie nutzen, um Mobbing entgegenzuwirken?

Gruppendynamik fördern

Der Moderator sollte darauf achten, dass alle Teilnehmer die Gelegenheit haben, ihre Meinungen und Erfahrungen zu teilen, und sollte schüchterne oder zurückhaltende Schüler ermutigen, sich an der Diskussion zu beteiligen.

Bei Meinungsverschiedenheiten sollte der Moderator darauf achten, dass die Diskussion respektvoll bleibt und die Schüler aufgefordert werden, ihre Standpunkte zu erklären und zu hinterfragen, ohne andere zu kritisieren oder abzuwerten.

Zusammenfassung und Reflexion

Am Ende der Talkshow sollte der Moderator eine Zusammenfassung der wichtigsten Punkte und Lösungsansätze geben, die während der Diskussion erarbeitet wurden.

Die Schüler sollten Gelegenheit haben, ihre Gedanken über die Diskussion zu reflektieren und Feedback darüber zu geben, was sie gelernt haben, welche Herausforderungen sie während der Diskussion erlebt haben und welche Maßnahmen sie in der Situation als angemessen und hilfreich erachten.

Fallstudien und Materialien

„Klassen-Kämpfe: Schulhof-Mobbing" NDR (2017): Diese Dokumentation beschäftigt sich mit verschiedenen Mobbingfällen an Schulen und zeigt, wie Schüler, Lehrer und Eltern damit umgehen. Sie kann auf YouTube gefunden werden und bietet einen anschaulichen Einblick in das Thema Mobbing.

„Mobbing – Wenn Schule zum Albtraum wird" WDR (2018): Diese Dokumentation berichtet über Mobbingopfer und ihre Erfahrungen sowie die Folgen von Mobbing auf ihre psychische Gesundheit. Die Dokumentation ist ebenfalls auf YouTube verfügbar.

„Nicos Weg" Deutsche Welle: Diese Webserie behandelt das Thema Mobbing in einer fiktiven Geschichte, in der der Protagonist Nico mit Mobbing konfrontiert wird. Die Serie ist speziell für Jugendliche konzipiert und kann auf der Deutsche Welle-Website oder auf YouTube angesehen werden.

„Cybermobbing – Wenn das Netz zur Falle wird" ZDF (2013): Diese Dokumentation beschäftigt sich mit dem Phänomen des Cybermobbings und zeigt die verheerenden Auswirkungen auf die Opfer. Die Dokumentation kann auf der ZDF-Website oder auf YouTube gefunden werden.

Lernplattformen

Sammlung digitaler Lernplattformen

klicksafe.de: Klicksafe ist eine Initiative zur Förderung der Medienkompetenz im Internet und bietet Lehrmaterialien zum Thema (Cyber) Mobbing. Das Material umfasst Arbeitsblätter, Unterrichtseinheiten, Videos und interaktive Elemente. Besuche die Website unter: https://www.klicksafe.de/

Bündnis gegen Cybermobbing: Das Bündnis gegen Cybermobbing bietet verschiedene Online-Ressourcen, darunter auch interaktive Materialien wie Videos und Online-Quiz. Besuche die Website unter: https://www.buendnis-gegen-cybermobbing.de/

„Gemeinsam Klasse sein“ von AOK und Deutsche Schulsportstiftung: Dieses interaktive Programm bietet Unterrichtsmaterialien und Online-Ressourcen zum Thema Mobbingprävention und Gesundheitsförderung. Die Website enthält Videos, Arbeitsblätter und interaktive Aufgaben. Besuche die Website unter: https://www.gemeinsam-klasse-sein.de/

Planet Schule: Die Online-Plattform Planet Schule von SWR und WDR bietet verschiedene Lernmodule und Materialien für Schüler und Lehrer. Zum Thema Mobbing gibt es verschiedene Videos, Arbeitsblätter und Online-Ressourcen, die das Thema aus unterschiedlichen Perspektiven beleuchten. Besuchen Sie die Website unter: https://www.planet-schule.de/

„Anti-Mobbing-Coach" von ARD-alpha: Diese Online-Ressource bietet eine Reihe von Videos und Arbeitsblättern, die Schülern dabei helfen, Mobbing besser zu erkennen, zu verstehen und sich dagegen zu wehren. Die Materialien können sowohl im Unterricht als auch für Selbstlernzwecke verwendet werden. Besuchen Sie die Website unter: https://www.br.de/extra/respekt/was-ist-mobbing-100.html

„Medien in die Schule": Die Website „Medien in die Schule" bietet Unterrichtsmaterialien zu verschiedenen Themen, darunter auch Mobbing und Cybermobbing. Die Materialien enthalten Arbeitsblätter, didaktische Anregungen, interaktive Aufgaben und Hintergrundinformationen für Lehrer. Besuchen Sie die Website unter: https://www.medien-in-die-schule.de/

Das Jugendstrafgesetz in Deutschland

In Deutschland regelt das Strafgesetzbuch (StGB) die Strafmündigkeit von Personen. Die relevanten Paragraphen sind: § 19 StGB – Schuldunfähigkeit des Kindes:

Ein Kind, das zur Zeit der Begehung der Tat noch nicht vierzehn Jahre alt ist, ist schuldunfähig.

Das bedeutet, dass Kinder unter 14 Jahren in Deutschland als strafunmündig gelten und für ihre Handlungen nicht strafrechtlich verantwortlich gemacht werden können.

Ab 14 Jahren gelten Jugendliche als strafmündig und können für ihre Taten belangt werden. Dabei kommt das Jugendstrafrecht zum Einsatz, das in Deutschland im Jugendgerichtsgesetz (JGG) geregelt ist.

Aktuelle Studie über Mobbing

Laut einer aktuellen Studie der Universität Bielefeld erleiden etwa 20 Prozent der Kinder und Jugendlichen in Deutschland mindestens einmal Mobbing in der Schule. Das entspricht ungefähr 1,5 Millionen Schülerinnen und Schülern.

Die Studie zeigt auch, dass Mobbing in der Regel von Gleichaltrigen ausgeübt wird und dass Mädchen und Jungen gleichermaßen betroffen sind. Die meisten Mobbing-Opfer sind zwischen 11 und 16 Jahren alt. Allerdings gibt es Unterschiede in der Art und Weise, wie Mädchen und Jungen gemobbt werden. Eine Studie der Universität Kassel hat gezeigt, dass Mädchen eher verbal und sozial ausgegrenzt werden, während Jungen häufiger körperlich attackiert werden.

In Bezug auf tödliche Mobbing-Fälle bei Kindern und Jugendlichen gibt es keine genauen Zahlen, da jeder Fall individuell betrachtet werden muss.

Laut einer Analyse der Kriminalstatistik gab es in den letzten Jahren jedoch einige Fälle von Gewalttaten, die auf Mobbing zurückzuführen waren. Eine besorgniserregende Tendenz zeigt sich auch in den sozialen Medien, wo Mobbing und Cyber-Mobbing zunehmend verbreitet sind. Eine Studie der Universität Duisburg-Essen ergab, dass fast 60 Prozent der Jugendlichen in Deutschland schon einmal Opfer von Cyber-Mobbing geworden sind.

Quellen

Bundeszentrale für politische Bildung (2020). Mobbing in der Schule. Verfügbar unter: https://www.bpb.de/gesellschaft/medien/mobbing/279162/mobbing-in-der-schule

Deutsche Gesellschaft für Psychologie (2018). Mobbing in der Schule. Verfügbar unter: https://www.dgps.de/

Bundeskriminalamt (2020). Polizeiliche Kriminalstatistik 2019. Verfügbar unter: https://www.bka.de/DE/AktuelleInformationen/StatistikenLagebilder/Polizeiliche-Kriminalstatistik/PKS2019/pks2019_node.html

Universität Duisburg-Essen (2019). Studie zu Cybermobbing in Deutschland. Verfügbar unter: https://www.uni-due.de/imperia/md/content/praevention/cybermobbing_studie.pdf

Hat Ihnen das Buch gefallen?

Vielen Dank, dass Sie mein Buch gelesen haben. Ich hoffe sehr, dass ich Ihnen etwas mitgeben und Sie unterstützen konnte. Wenn es Ihnen gefallen hat, würde ich mich sehr freuen, wenn Sie ihm bei dem Online-Shop eine Bewertung geben, bei dem Sie es bestellt haben. Oder Sie schreiben bei einem Ihrer Lieblings-Buchportale eine Rezension.

Ihre Meinung zu meinem Buch ist mir sehr wichtig und eine kleine Anerkennung für meine Arbeit. Außerdem hilft es mir, neue Leser für meine Bücher zu finden.

Vielen Dank für Ihre Unterstützung!

KAMPENWAND
VERLAG